Jan Lurvink

Lichtung

Jan Lurvink

Lichtung

Roman DuMont

Der Autor dankt dem Literaturkredit Basel-Stadt und Basel-Land
für die freundliche Unterstützung seiner Arbeit.

Erste Auflage 2005

Ausstattung und Umschlag: Groothuis, Lohfert, Consorten (Hamburg)
Gesetzt aus der Dante
Gedruckt auf säurefreiem und chlorfrei gebleichtem Papier
Druck und Verarbeitung: Clausen & Bosse, Leck
Printed in Germany
ISBN 3-8321-7907-0

Lichtung

1

Ein Vogel flattert in wilden Zacken, als hätte er sich unter die grauschwarze Wolkenkuppel verflogen und eine Heidenangst bekommen, oder wie aufgezogen und hochgeschleudert, mit abschnurrendem Propeller. Uraltes Vogelfach, denke ich, Geschickabschnitte in die Luft zu schneisen, Gelingchancen am Himmel aufzuzeichnen, auch Mahnungen zur Flucht.

»Hat man Ihnen keine Brille gegeben?« Eine Schwester läuft auf mich zu. Ich greife in meine Manteltasche und hole die Sonnenbrille hervor.

»Und wieso tragen Sie sie dann nicht?« Sie stemmt die Fäuste in die Hüften. Hinter ihrem Rücken bläst ein Rollstuhlfahrer kleine Wolken aus, als wollte er mir eine helfende Nachricht zurauchen.

»Hat Ihnen der Doktor erlaubt, die Brille abzunehmen?«

Am Ende der Fensterwand vergräbt ein Mann seinen Kopf in den Händen, eine Frau tätschelt ihm mit einer Hand die Schulter und hält mit der anderen ein belegtes Brot, in das sie herzhaft beißt.

Ich setze die Sonnenbrille auf.

»Na, also. Sie werden in zehn Minuten abgeholt.«

Die Schlappen der Schwester klatschen leiserwerdende Triolen auf Fersen und Boden. Durch die dunklen Gläser kann ich den Vogel nicht mehr finden. Ein Schatten hat den Himmel verschluckt, und mit ihm Hügelrücken, Schornsteine und Baumkronen.

Die Fußgänger gingen bei Grün lange nicht über die Straße oder im blödesten Moment bei Rot. Einer musste vor meinem Fahrrad wegspringen und schimpfte mir nach, ich solle eben die Sonnenbrille abnehmen. Am Haupteingang ließ ich einem Mann den Vortritt, der seine verletzte Hand wie eine Laterne vor sich her hielt; sein mit Öl oder Ruß beschmiertes Gesicht war flach und bleich wie Löschpapier, und die dürftige Binde konnte das Blut nicht länger halten. Da nahm ich die Brille ab, um nicht wie ein Film-Mafioso vor ihm, dem Blutenden, zu stehen. Im Fahrstuhl fragte eine Frau im Bademantel, wohin ich wolle. Auf meine Antwort hin stach sie mit einem ihrer Gehstöcke flink wie eine Fechterin gegen den betreffenden Etagenknopf. Ein Mann mit glasigen Augen stieg zu, an seinem Hosenbein hielt sich ein kleines Mädchen fest, das zu den Knöpfen hochschaute, aber ohne Drücklust zu bekommen. Ich dachte an die vielen Hoffnungen, die täglich diesen Schacht hoch und herunter gefahren wurden. Und nun also meine.

Mein Brustbein schmerzt von der Radfahrt noch, ein nadelspitzes Stechen. Ich drücke mit den Fingern auf die Rippen, legato und mit Daumenuntersatz. Claire fühlte sich mit betroffen, wenn mir vom langen Üben die Schulter wehtat oder das Kreuz, sie neigte sich über die Stelle, umkreiste sie mit sanften Fingern und schaute besorgt. Es könne helfen, dem Schmerz gespannt in seine Klause nachzusteigen, wusste sie, ihm auf die Werkbank zu äugen, als wäre man neugierig und gar nicht betroffen, er komme dann aus dem Rhythmus oder lasse ertappt den Schlaghammer sinken.

»Ich möchte gerne wissen, warum sie einen hier so elendsfrüh wecken müssen.« Der Rollstuhlfahrer hat sich an meine Seite geschoben. »Erst wartet man eine Stunde aufs Frühstück, und dann ist es gerade einmal acht Uhr.« Ich nicke und nehme mir eines der Hefte, deren Umrisse ich auf dem Tisch erkennen kann. Auf der ersten Seite, die ich aufschlage, entziffere ich die Überschrift: *Wie Sie mit Ihrer Katze sprechen können.*

»Und bis zum Mittag passiert überhaupt nichts mehr und man kann selber schauen, wie man die Zeit totschlägt.«

Ich gehe, über den Rand der Sonnenbrille äugend, auf die Toilette, bringe eine selten reine Quinte hin, den höheren Ton, wenn ich unten hinziele, den tieferen in der Schüsselmitte. An anderen Stillen Orten erklingen auch einmal knappe Sexten oder schüttere kleine Terzen. Frauen wüssten vielfach nicht, dass Männer beim Wasserlassen musizierten. Claire presste ihren Handteller auf meinen Mund und versicherte, davon wolle sie auch nichts wissen. Jost stellte sich gerne neben mich, um einen interessierten Blick herüberzuwerfen und mit seinem Strahl eine kräftige Quarte vorzuspielen. Er wusste, dass es mir so den Harn abstellte. Hemmungen seien immer ein Signal der Zivilisation, erklärte er, um auf der Geschichte weiter herumzureiten. In ferner Zukunft würde vermutlich auch niemand mehr sein Essen vor aller Welt in den Mund schieben und ungeniert darauf herumkauen, wenigstens, so hoffe er, würde es verboten sein, im Kino während des Films zu essen.

Ich taste mich zum Waschbecken und halte meine Hände lange unters Wasser. Geräusche blitzen in Abständen aus dem Finstern wie glänzende Fischflossen: Stimmfetzen, Laufschritte, Türenschnappen.

2

Der Projektor knatterte, ein Lichtstreifen fiel durchs verdunkelte Wohnzimmer, beleuchtete horrende Mengen schwebender Staubteilchen und warf ein helles Quadrat an die Wand. Darin erschienen die Falten eines Bühnenvorhangs, Stehkrägen und Ohrringe aus dem Publikum, fliehende Kinne, lackierte Fingernägel, schließlich ich selbst am Flügel, wie ich die Schultern hochzog, die Augen einmal schloss, ein anderes Mal wie ein Stummfilmheld schweifen ließ, zu den Scheinwerfergerüsten hoch, als schlafe dort oben das Mitgefühl für mich, und ich hätte es zu wecken.

Jost hatte noch weitere Musiker beim Konzertieren aufgenommen, einen Cellisten, eine Geigerin, eine Posaunistin. Er wollte einen Film drehen über den Moment, in dem Musik entsteht, über die Verrenkungen und Griffe am Instrument, die nötig sind, damit Musik herauskommt. Aber ein Stummfilm! So würde man das Fehlen der Musik einmal schmecken können, hoffte er, und an der Stelle, wo sie nicht war, vielleicht sie selber schmecken. Außerdem hatte er die Tagesration seiner Schilddrüsentabletten verdoppelt, wegen der Nervosität und der nächtlichen Herzrhythmusstörungen.

»Ich frage mich, welchen Ausschnitt ich ihr als Erstes zeigen soll.« Er zog das Filmband um die leere Spule, verwickelte und verklemmte alles mit wenigen Handgriffen. »Es ist erstaunlich, ich kann ihr einfach alles sagen, alles scheint bei ihr am richtigen Platz zu sein, dort wo es hingehört. Ich habe noch nie eine Frau getroffen, die so gut zuhören kann.«

»Der Mann ist es, der bei den ersten Treffen zuhören soll«, mahnte ich, »uralte Faustregel, höchstens darf er zwischendurch eine Frage stellen. Und er sollte die Frau besser nicht in einem dunklen, muffigen Zimmer empfangen.« Ich öffnete das Fenster und stieß die Läden auf. »Obendrein sollte er seine Hormontabletten nicht eigenmächtig dosieren. Der Arzt hat dich doch gewarnt, das Einpegeln dauert lange, über Monate, die Reaktion ist schwerfällig. Das wird wie beim Schiffsteuern sein, wer zu rasch korrigiert, gerät ins Schlingern.«

»Ich habe noch nie ein Schiff gesteuert«, entgegnete Jost, »deswegen kann ich mit dem Vergleich nichts anfangen.« Als die Türglocke schellte, sprang er ins Badezimmer.

»Du hast keine Überfunktion der Schilddrüse«, rief ich ihm nach, »sondern eher des Herzens – oder womöglich der Hoden.« Ich eilte die Treppen hinunter. Die Gassenküche im Erdgeschoss hatte noch geschlossen, der Fußboden war aber bereits klebrig, und es roch vorsorglich nach Schweiss, kalter Bratensauce und Zigarettenrauch. Mit angehaltenem Atem lief ich durch den Flur und öffnete die Haustüre.

Claire trug einen schwarzen wellblechartigen Rock und ein weißes enges Hemd, auf dem in kleinen Buchstaben *Kookai* stand. Ich gab ihr die Hand und fand das im gleichen Moment etwas hölzern, weshalb ich mich als »der Hauskomponist« vorstellte. Ich erklärte ihr, sie müsse tief Luft holen und dürfe keinesfalls einatmen und sich nicht umdrehen, bis sie durch jene Tür dort am Ende des Ganges durch sei.

»Sonst?« fragte sie.

»Sonst fällst du vor Gestank in Ohnmacht, und ich müsste dich die Treppen hochtragen.«

»Wäre das so schlimm?«

»Nein, gar nicht«, gab ich zurück und spazierte zum Fluss hinunter, wo mir alle fünf Schritte eine gewitztere Antwort einfiel.

Einen Monat später war der Fluss über das Ufer getreten und lehmig-trübe geworden vom Schmelzwasser aus den Bergen. Armdicke Äste trieben rasant unter den Brückenbögen durch, während die Schatten des Fensterkreuzes und der Yucca-Palme den Tag entlang über Josts Rücken wanderten. Er lag auf dem Sofa, schniefte von Zeit zu Zeit und hoffte auf ihren Anruf.

Vergebens tischte ich ihm Teigwaren auf und vergebens auch die Vorhaltung, er überhöhe die Angelegenheit vielleicht um einige Kilometer. Er grub seinen Kopf nur tiefer in die Arme. Und er greife sicher nicht zum Hörer, schließlich habe sie ihn fallengelassen »wie einen heißen Apfel«. Das nennt man wohl tragikomisch, dachte ich und zählte ihm zum Trost meine eigenen alten Unglücke auf, als könnten die seines umstellen und ein wenig eindämmen: Wie ich mich in seine Schwester Marion verliebt hatte, damals in England, ob er das noch wisse, oder die zwei, drei folgenden Liebschaften, die ich heimlich gehegt und geschürt hatte, als genüge zum Lieben einer allein, als störe ein zweiter eigentlich nur; wie ich auf seinen Rat und Anstoß hin doch ein Geständnis abgelegt und prompt zu hören bekommen hatte, es gehe nicht, ich solle mir keine Hoffnungen machen; wie er mich getröstet und dazu angestiftet hatte, einen Fernseher von einer Laderampe beim Güterbahnhof zu stehlen. Der Plan, das Auskundschaften der Gegend und der nächtliche Raub hätten mich auf andere Gedanken lenken sollen.

»Einen Spaziergang hat sie mir noch vorgeschlagen!«, klagte er, als würde das alles besagen. Ich setzte mich ans Klavier und schlug vor, er dürfe sich etwas wünschen. Nichts Fröhliches, bestellte er und wiederholte nach zwei Takten Schubert: »Nichts Fröhliches!«

»Schubert ist nicht fröhlich«, erklärte ich, »höchstens scheinfröhlich.«

In der Folge begann Jost, das letzte Gespräch zwischen ihm und ihr wie ein Tonband abzuspielen. Er drückte auf Start, ließ den Dialog laufen, gab feinste Stimmnuancen wieder und die Schlüsselstellen spulte er zurück. Ich flüchtete nach einiger Zeit ins Freie, wo es ausgerechnet in Strömen gießen musste. Das Regenwasser verdünnte mir mein Mitgefühl, und ich schöpfte aus den vollen Abflussrinnen den Verdacht, Jost schüre sein Elend, damit es ihn wärme, er verwalte es wie ein Guthaben, das hoffentlich Zinsen einbringen würde. Auf dem Rückweg zwängte ich mich in der Gassenküche an den Obdachlosen vorbei und wurde mit »Hintenanstellen!«-Rufen eingedeckt. »Ich wohne hier«, gab ich zurück, und eine Frauenstimme lallte: »Das kann jeder sagen.« In der Wohnung kam Jost auf mich zu und berichtete, er habe sie soeben angerufen und ihr ins Gesicht gesagt, sie sei ein Miststück. Ich stand im Türrahmen, mit nassen Haaren und Hosenbeinen, und dachte, wie will er ihr durchs Telefon etwas ins Gesicht sagen.

3

»Hier drinnen brauchen Sie die Brille nicht zu tragen.«

Ich nehme die Sonnenbrille ab und blinzle. Der Doktor steht vor mir im grellweißen Arztkittel, groß und hager, mit Kraushaar und Vollbart, rostfarbene Locken haben Schläfen und Mund dicht überwachsen. »Immer mir nach!« Er dreht sich um, eilt an den Liften vorbei und weiter auf einen Vorplatz zu, der sich in drei Korridore teilt. »Sie müssen noch unterschreiben«, ruft er über die Schulter, läuft mit nach außen zeigenden Füßen und flatternden Kittelschößen durch den langen düsteren Schacht, tritt in ein Zimmer, setzt sich hinter den Schreibtisch und beginnt, in den Schubladen zu kramen. Über seinem Kraushaar hängt eine Uhr, eine altmodische Surrealistin mit krummen Zeigern und schmelzendem Zifferblatt. Die Wände sind bis auf Schulterhöhe weiß gekachelt. »Das ist ein Wetter! Da gehen die Leute wieder nicht vor die Tür. Dabei hat so ein trüber Tag immer noch weit höhere Lux-Werte als jede Zimmerbeleuchtung.« Er reicht mir ein Papier, auf dem »Vertrag« steht und daneben mein Name, Geburtsdatum und Beruf.

»Und was machen Sie von Beruf?«

»Musiker«, lese ich vor und setze meine Augen auf die erste Textzeile, von der sie aber abspringen zum oberen Blickfeldrand, wo der Doktor sitzt und sich mit einem Kugelschreiber in den Bart sticht. Unter den Buchstaben ist ein Wasserzeichen in das Papier eingelassen, ein Segelschiff oder Rosenblätter.

»Musik ist sehr schön. Ich habe gehört, Geige ist das schwierigste Instrument, das zweitschwierigste Klavier. Stimmt das?« Er streckt mir den Kugelschreiber entgegen, sein Kittelärmel zieht sich etwas zurück und legt einen gelben Pulloverstreifen frei. Ich schreibe meinen Namen aufs Papier und überlege, ob das Gelb nun ein gutes oder schlechtes Omen sei.

Gelb liege doch nahe beim Goldenen, gab ich zu bedenken, als Claire die gelben Tulpen aus meinem Blumenstrauß herauszupfte und mit einer Schere zerschnitt, damit sie in den kleinen Komposteimer passten. Man dürfe ihr weder Gelbes noch Goldenes in die Wohnung bringen, beschied sie ernst und suchte lange nach einer passenden Vase. Es sei komisch, meinte ich lachend, dass man immer nur die unpassenden Vasen im Haushalt habe.

Der Doktor läuft vor mir den schmalen Gang hinunter. Als er eine Tür öffnet und mich heranwinkt, glaube ich, den Augenblick schon einmal erlebt oder immerhin geträumt zu haben. Der Raum ist dunkel und eng, ein Würfelinneres aus drei mal drei Metern vielleicht. Ein schmales Bett steht an der hinteren Wand mit aufgeschlagener Decke. Auf Kopfhöhe ist ein kleines Schaufenster eingelassen, in dem sich aber nichts befindet. Ein mageres bläuliches Licht schimmert darin wie ein schlauer Einfall der Dunkelheit, sich sichtbar zu machen.

»Die Sonnenbrille müssen Sie mir geben!« Der Doktor steckt die Brille in seine Kitteltasche und fischt von den dünnen schwarzen Kabeln, die am Kopf des Bettes wimmeln, eines heraus; es mündet in einen dünnen Halm, der mit einer durchsichtigen Plastikfolie überzogen ist. Aus dem Gestell an der Wand holt er eine Tube, drückt sie mir in die Hand, murmelt im Hinausgehen etwas von »Ausziehen« und »das Kabel einführen« und schließt die Tür hinter sich.

Es ist so finster wie in Spielfilmen, wenn die Darsteller in einer Höhle oder Grabkammer eingeschlossen festsitzen und trotzdem bequem zu erkennen sind. Und woher kommt das Licht!, hätte Jost ausgerufen, der vor unserem gestohlenen Fernseher immer wie ein Aufpasser saß und keinen Beleuchtungsfehler übersah, keine falsch geschnittenen Anschlüsse, keine Reflexion der Kamera in irgendeinem Türknauf und kein von oben ins Bild zuckendes Mikrofon. Auf meine Frage, ob es in der Filmgeschichte einen einzigen guten Film gebe, befand er einmal nach längerem Studieren: Technisch gesehen nicht.

Vaseline steht auf der Tube. Ich ziehe Schuhe und Hose aus, nehme das Kabel mit dem Plastikhalm und trage die Paste fingerdick auf.

Eine ausgeschaufelte Grube, fehlen nur die Pfützen am Grund, die vom Nieselregen zitterten und mich denken ließen, man hole sich bei der Kälte und Feuchte dort unten ja den Tod. Die Ehrengarde der Fliegerabwehrkompanie ergriff stapfend das Gewehr und legte an, obwohl es ausdrücklich keine Salutschüsse hätte geben sollen; keine Salatschüsseln, hatte ich verstanden. Dann schossen sie doch, und Vögel stießen vor Schreck im Auffflug aneinander, und aus den Läufen rauchte es kurz und fast gemütlich.

4

Am Fluss saßen die Leute neben ihren Mänteln, aßen belegte Brote, rauchten oder schmusten. Ich wog Für und Wider ab, warf das Dafür weg, lief ihm nach, hob es auf und trug es vorsichtig in die nächste Telefonzelle. Dort wählte ich Claires Nummer, hörte ihre feinkörnige Mezzosopranstimme, in der Sanftmut, Eleganz und Klugheit nah beieinander schliefen, hörte das Piepen des Signaltons und dann meine eigene Stimme, deren Bänder sich in zwei gummige Lautsprechermembranen verwandelt hatten, vor und zurück flappten: »Jost geht es sehr schlecht und ich möchte mit dir vielleicht einmal darüber reden, vielleicht morgen, da ist eine Vernissage und die ist meine Klavierschülerin, also die Künstlerin, die sie gibt oder hat, jedenfalls kannst du ja mitkommen und mich anrufen vielleicht, falls du magst.« Ich hatte während des Sprechens nicht mehr aus-, sondern nur noch eingeatmet. Eine Sekunde lang erwog ich, in Claires Wohnung einzubrechen und das Band aus dem Gerät zu stehlen. Stattdessen ging ich nach Hause, wo Jost am Boden kauerte, in seiner wasserdichten, druckfesten Dran-denk-Station, und sein Sehnen auf ein Blatt Papier pauste; es erinnerte stark an eine Schildkröte.

Die Einladungskarte zeigte ein Brüstebeet, farbige Brüste, die wie Gemüse aus dem Boden quollen. Auf der Rückseite stand geschrieben, Veranda Bielmann würde *Vertrautes aus dem gewohnten Rahmen heraus in neue erhellende und radikal weibliche Zusammenhänge* stellen.

Ein runder, glatzköpfiger Mann begrüßte die Anwesenden und nannte die Künstlerin in seiner Ansprache mehrmals »unverwechselbar und mutig«.

Diese Redner, flüsterte mir eine ältere Dame ins Ohr, würden wohl an jede Vernissage mit dem Champagner und den belegten Brötchen frei Haus geliefert. Mutig, dachte ich, mutig hatte ich den Freundschaftsdienst für Jost angetreten und die Nummer dieser Claire gewählt und mir den Hörer ans Ohr gehalten. Ich sollte ein Objekt daraus machen und es anschließend aus dem gewohnten Rahmen heraus auf zwei Hasenfüße stellen.

Ich nahm mir Brötchen und Weinglas vom Buffet und schritt die ausgestellten Werke ab.

Fotos von Mündern, Augen oder Nasen lagen in durchsichtigen wassergefüllten Kissen, oder es wuchsen kurze Haare aus den Ritzen von Gardinenstangen. Jedes Werk ergab ein Geschlechtsmerkmal für sich und veranschaulichte in erster Linie weiblichen Stolz aufs Weibliche. In einem Kissen lag anstelle eines Fotos ein Spiegel, so konnte man sein eigenes Gesicht durch eine Frauenbrust hindurch sehen. Von dieser Warte aus wirkte meines erstaunlich verzogen und irgendwie schwachsinnig.

Ich holte ein zweites Glas Wein und überlegte, seit wie vielen Jahren Veranda Bielmann schon meine Klavierschülerin war, da kam sie auf mich zu und fiel mir um den Hals. Weil ich nicht wusste, was ich sagen sollte, stellte ich – alter Vernissagen-Trick – Fragen: Wie sind Sie darauf gekommen? Wie lange haben Sie daran gearbeitet? Was denkt eine Frau, wenn ihr ein Mann auf den Anrufbeantworter stammelt wie ein Kleinkind? – Ich erhielt wirre und etwas gelallte Auskünfte. Sie wurde von anderen Betrunkenen in Beschlag genommen und entschuldigte sich. »Ich freue mich für Sie«, rief ich ihr nach.

»Leute, die betonen, wie sehr sie sich freuen, freuen sich in der Regel gerade nicht«, befand die ältere Dame von eben und verschüttete ihren Wein auf den Schwanz eines Schuppentiers, das sich in eine weibliche Keramikferse verbissen hatte.

»Eurydike«, sagte ich auf die Skulptur zeigend. »Die wurde doch von einer Schlange gebissen.«

Die Dame sah mich verständnislos an und fragte, ob ich ihren Kommentar zu der Ausstellung hören wolle. Ich wunderte mich, wie sich alle in der kurzen Zeit schon hatten betrinken können.

»Die belegten Brötchen sind noch das Beste von allem!«

Im Flur der Gassenküche roch es wie gewöhnlich nach Büchsengulasch, wenn man den Rauch- und Schweißgeruch einmal abzog. Oben in der Wohnung aber war zum ersten Mal seit Tagen kein Mitbewohner zur Stelle, der mir seine Verlassenheit als Willkommensaloe um den Hals legte. In die Stube blinkte die Nachrichtenanzeige des Beantworters einen

Dreiertakt. Hilmar meldete, er habe schreckliche Migräne und müsse die Klavierstunde morgen absagen, er habe sich wieder heillos mit Roger gestritten. Ein Herr Melker wollte dringend mit Jost sprechen, und drittens bedankte sich Claire für meinen Anruf und nannte die Adresse eines Studios für Bewegungsarbeit, wo ich sie morgen Nachmittag gegen fünf abholen könne.

Als es im Treppenhaus knarrte, schlug die nahe Kirchenglocke gerade zwei Uhr. Im Fernsehen konnten Amerikaner in knappen Trainingsanzügen kaum glauben, dass es den *Relax-Max* tatsächlich auf Erden gab. Jost lehnte sich an die Wand, erschöpft und überreif für so einen Massageapparat. An allen Orten in der Stadt war er gewesen, die ihm von seiner Liebe etwas aufsagen konnten. Eine Stunde lang, erzählte er, sei er vor dem Haus gestanden, in dem die Frau, die er verloren habe, nach wie vor lebe und vielleicht gerade schlafe in jenem Bett. Er starrte auf den Anrufbeantworter, dessen Nachrichten ich gelöscht hatte. Ob niemand angerufen habe, fragte er.

»Ein Herr Melker«, sagte ich.

»Melker? Du meinst Melchior. Sonst niemand?«

»Nein. Doch, ein Herr Balthasar.«

Jost warf sich auf die Couch wie in einen Fluss, gerade vor den *Relax-Max*, den eine Blondine mit kissenförmigen Brüsten und Lippen als ihren besten Freund bezeichnete, weil er immer für sie da sei.

»Und eben noch ein Herr Kaspar oder so ähnlich. Er lässt fragen, ob sie etwas Myrrhe mitbringen sollten.«

Jost wischte sich eine Träne unter dem Auge weg und sagte, er fühle sich so, als habe ihm etwas sein Inneres aufgeschlürft.

5

Der Doktor schmirgelt mit körnigem Papier an ausgesuchten Stellen auf der Brust, an Armen und Beinen über meine Haut. Ich halte die Augen geschlossen und steige dem Schmerz zur Untersuchung gespannt in seine Schmiede nach. Auf die Schürfstellen drückt er flache Elektroden und befestigt sie über Kreuz mit Pflasterstreifen, die er von einer Rolle gebissen und am Bettrahmen aufgeklebt hat. Entlang dieses Rahmens führt er die Kabel zu einem kleinen Steckpult. »Jetzt noch das letzte«, kündigt er an und scheuert meine Stirn auf. Er stellt den Kopfteil des Bettes hoch. »Gut so?« Ich nicke und rupfe das Pflaster beinahe ab. Er lockert die Klemme und zieht ein wenig Kabel nach. Ich sage: »Es geht schon«, und hebe zum Test meine Arme in die Höhe; die Kabel schleifen unter und über dem Bettlaken wie Puppenschnüre. »Und das Licht?«, frage ich.

»Das kommt erst morgen früh zum Einsatz, um fünf. Ach, Ihre Uhr müssen Sie mir noch geben.« Er fingert am Armbandverschluss herum.

»Sie müssen die linke Kante nach oben drücken«, versuche ich zu helfen und wundere mich, weshalb er mir die Uhr abnehmen will. Er rümpft Nase und Stirn, zieht die Schultern hoch, tupft mit der Zunge an den Oberlippenbart, setzt weit abgelegene Muskelgruppen in Bewegung, die beim Öffnen der Schnalle wenig helfen können. Das Studio für Bewegungsarbeit ruft, denke ich, und dass es allerdings keine Chirurgenfinger sind.

»Licht ist eigentlich bloß ein wilder Haufen Energiequanten oder Photonen, elektromagnetische Wellen im schmalen Bereich von 400 bis 800 Nanometern. Aber wenn es einem fehlt!« Er bekommt die Uhr frei und lässt sie erstaunlich flink in seiner Kitteltasche verschwinden. »Einunddreißig von hundert New Yorkern geben an, ihre Stimmung verschlechtere sich im Winter. Und die Selbstmordrate in Finnland hat wohl auch nichts mit dem Astralleib zu tun. Erwiesen ist, dass Frauen weitaus häufiger Winterprobleme haben als Männer. Aber was tun sie? Sie verhalten sich gerade falsch, indem sie Stubenhocken und so noch weniger Licht aufnehmen. Das ist, wie wenn Sie Hungergefühle haben und deswegen extra nichts essen. Absurd, aber der Mensch verhält sich oft absurd.« Er lächelt an mir vorbei den Kabelkasten an, tritt in den Flur hinaus und schließt die Tür.

Die Müdigkeit schnüffelt am Fuß des Bettes, schnürt mit klebrigem Faden meine Beine ab, presst die Wachheit aus der Brust bis unters Kinn, um sie gemächlich einzuspeicheln. Man muss die getrunkene Zeit im Schlaf regelmäßig abschlagen, denke ich, und im Liegen merkwürdigerweise die Füße übereinander legen wie der geschnitzte Jesus; wegen der Sehstränge vielleicht, die alle Dinge links und rechts über Kreuz in die Gehirnhälften verteilen? Oder wegen der Energiekreise, die geschlossen sein müssen, um Kraft einzuspeichern?

Die Kabel auf meiner Brust heben und senken sich, hohe Ringordner stehen neben der Tür im Regal, verwunschen und streng wie Klosterschwestern. Helle kleine Medikamenteschachteln liegen gestapelt aufeinander, die halb ausgedrückte Vaselinetube, Brettspiele. Über die Zimmerdecke verteilen sich kleine schwarze Punkte in schnurgeraden, gleichmäßigen Kolonnen, wie Legionen schwarzer Akkordeonknöpfe. Ein leiser, bärentiefer Ton wohnt im Raum, ein fernes brummendes Rauschen, der Orgelpunkt des Hauses; er wird lauter, je genauer ich auf ihn höre.

Schenke dem Publikum die Musik und dir selber dein Gehör, so bringst du den Flügel zum Singen, die Luft im Saal zum Sichfreuen, das Bühnenholz wird sich nach seiner alten Stelle im Wald zurücksehnen, und der Mauerstein nach der Kühle und Freiheit eines alpinen Bachbetts.

Der Konzertveranstalter stöberte mich aus meiner Einstimmung und zeigte mit dem Kinn zum Saal, auf fünf Leute. »Ohne Beethoven, Mozart oder Chopin kommt nun einmal keiner«, seufzte er und setzte dazu, die Handflächen wie Schalen gegen den Himmel gedreht: »Mit Honig fängt man halt Fliegen.« Ich dachte, dass so oder so der Einzelne zähle, und ließ mir von dem spärlichen Begrüßungsapplaus, der schon verebbt war, bevor ich das Instrument erreicht hatte, den Mut nicht rauben. Ich spielte Eigenkompositionen und Werke anderer, wenig bekannter Komponisten, erhob mich am Ende vom Stuhl, blinzelte wie erwachend in den Sonntagabend, legte die Hand aufs Instrument und verbeugte mich. Der Kittel spannte um die Schulterblätter, die Schuhspitzen glänzten und waren bündig gestellt. Schwungvoll und federnd ging ich ab und musste hinter dem Vorhang jäh abbremsen, blieb zwischen Scheinwerferständern und Bühnengerümpel stehen wie dort hingeschubst, hörte auf meinen hohen Puls und den rasch versickernden Applaus. Bald würde ich bei Weißwein und Salzstangen die Gemahlin des Veranstalters, die Mutter des Saalwarts und die Gebrechen der Garderobiere kennen lernen, Interessantes zu hören bekommen über die Sehenswürdigkeiten der Stadt, die ich vor meiner Abreise unbedingt noch besuchen sollte, über die verbesserte Akustik des Saals oder über Musiker, deren Namen mir nichts sagen würden, die hier neulich vor ausverkauftem Haus gespielt und fabelhaft abgeschnitten hätten. Als ich dann hinter der Bühne hervorkam, war die schmale Zuhörerschaft verschwunden, anstelle von Weißweingläsern klimperte der Saalwart mit dem Schlüsselbund, die ersten Lichter waren schon gelöscht. Die Frau des Veranstalters gratulierte mir im Windfang des Foyers zum Konzert und »vor allem zu dem Preis«. Zu welchem Preis, fragte ich. Sie habe eben so ihre Beziehungen und kenne eine Dame aus dem Kuratorium. Aus welchem Kuratorium? Diese Dame habe persönlich zwar gegen mich gestimmt, dennoch gehe der Ciba-Geigy-Preis für Musik in diesem Jahr an mich.

6

Manche huschten in Socken über den Parkettboden, als wären sie durch ein Fenster hereingestiegen und auf der Suche nach Wertgegenständen. Andere saßen auf großen Gummibällen und wippten. Zwei hielten sich, eine der anderen, den Kopf, als wollten sie ihn aus der Fassung schrauben. Vor einem Spiegel wurde das Setzen und Aufstehen geübt, anderswo das schlichte Dastehen. Claire lag mit angewinkelten Beinen und einer abgestimmten Anzahl Bücher im Nacken auf einem der Tische, die Beine sonnengebräunt und von den Füßen hoch bis in die Oberschenkelmitte nackt. Ein Mann, um die fünfzig, mit Zigeunerschopf und Adlernase, drehte, hob und senkte ihren schlanken Arm, löffelte damit in der stickigen Luft und schien das Weihevolle und Kirchenstille im Zimmer anzurühren. Nach einer Weile legte er Claires Arm sanft auf den Tisch zurück und begab sich anderswo hin, kerzengerade, als wollte er klarstellen, wer sich hier von den Anwesenden am weitesten vom Affen fortentwickelt hatte. »Der

Schlüssel!«, rief er in die Stille, dass ich vor Schreck zusammenzuckte. »Der Schlüssel zur Unbeschwertheit ist das Loslassen.« Den Satz ließ er im Raum stehen, bis alle einmal darum herumgegangen waren, dann legte er einen zweiten nach: »Im Moment, wo wir Stopp sagen, ist ein neuer Weg eingeschlagen!«

Als sich alle im Kreis auf den Boden setzten, drückte ich mich bündig an die Wand. Claire saß neben dem Leiter, der weitere solcher Sätze wie Räucherstäbchen in die Mitte stellte. Während der langen Pausen, die er darumherum sorgfältig anlegte, schwiegen alle und schmeckten dem Gehörten nach.

Nachdem sich die Runde aufgelöst hatte, kam Claire auf mich zu, als hätte sie nicht mit mir gerechnet. In dem dünnen Trägerleibchen und den Radsportlerhosen wirkte sie kleiner und jünger als in meiner Erinnerung. Ihre lebenslustige, muntere Art passte schlecht zu der abgestorbenen Einöde, die Jost verkörperte, wenn er auf unserem Stubensofa lag und an seinem Kummer nagte. Sie stellte mich ihrem Lehrer vor als Freund eines Freundes und »Hauskomponist«. Das hat sie also behalten, dachte ich. Der Mann sagte: »Rubalski!« und drückte mir die Hand. In der Annahme, das sei ein Gruß unter Bewegungsarbeitern, erwiderte ich: »Rubalski.« Ich sei also Musiker, meinte er und fühlte sich zu einer Betrachtung gerufen: »Man lernt ein Instrument, Flöte, Geige, das ist sehr schön, doch vergisst man, dass man selber ein Instrument ist, auf dem man erst lernen muss zu spielen.« Rubalski war sein Name, dämmerte es mir, während seine Augenbrauen zuckten und über den kohleschwarzen Augen auf einen möglichst feurigen Liebhaber verwiesen. »Ich betrachte die Menschen und kann hören, wie ihre Körper klingen, meistens falsch und schrecklich, schrecklich. Warum? Weil sie ihn falsch gebrauchen, weil sie nicht auf ihm spielen können.« Die Brauen wölbten sich, und ich verstand schon, was er meinte: An den Körpern der Schülerinnen herumspielen, was, Rubalski!

»Sie zum Beispiel drücken den Brustkorb zusammen, ziehen das Schlüsselbein herunter und fallen mit Ihrem Kopf in den Nacken.« Ich glaubte, er mache einen Witz, und lachte höflich. Er verzog aber keine Miene, und Claire besiegelte den Befund mit ernsthaftem Kopfnicken.

»Was soll das heißen, ich falle mit dem Kopf in den Nacken?«

Claire stellte sich vor mich hin, streckte ihre Arme aus und fasste meinen Kopf sanft an den Schläfen, kippte ihn leicht in den Nacken und schob ihn gleichzeitig ein wenig nach vorne. »Die meisten Menschen halten ihren Kopf so und empfinden diese Haltung als normal, statt dass sie ihn nach vorne und oben ausrichten und vor allen Dingen frei lassen.«

»Eine Schande ist das!«, rief ich und musste mitten im Wort Schande leer schlucken.

»Wir empfinden vieles als natürlich, was in Wirklichkeit bloß Teil unserer Gewohnheiten ist.« Sie ließ mich los, und wo ihre Finger lagen, blieb ihre Wärme noch eine Weile auf meiner Haut haften. »Der Schlüssel zur Unbeschwertheit ist das Loslassen«, zitierte ich Rubalski und zuckte mit den Augenbrauen. Claire boxte mich in den Oberarm. Ich behauptete rasch, mich nicht lustig zu machen, dazu hätte ich zu viele verkrampfte Schüler, die sich vor den schwierigen Stellen in Quasimodos verwandelten. Und wie ich so einen Klavierglöckner darstellte, sah ich Rubalski am offenen Fenster seines Studios stehen, er rauchte und sah uns nach.

In den großen Steintrögen des Gartenrestaurants drängelten sich leuchtend bunte Blumen und lockten Schwärme von Hummeln und Schmetterlingen heran. »Schöne Farben!«, rief ich. Claire sah auf ihr Shirt herab und bedankte sich, dabei spritzte sie mit dem Trinkhalm eine Schliere ihres Milchshakes über den Tisch. »Eine Kaugummischlange auf dem Weg zu einer Tasse Kaffee!«, sagte sie. Ich gab ihrem Werk den Titel: »Eine Spur der Verwüstung.« Sie meinte lachend, daran müsse ich mich gewöhnen. Ich nahm die Bemerkung entgegen, steckte sie unauffällig ein wie einen Umschlag mit Geld, den man später, zu Hause, zum Nachzählen öffnet. »Die Titel haben alle ein bisschen hoch gegriffen, an der Vernissage neulich. Geplagte Erde, Verletzung oder Ursprung. Wenn der Titel schon so viel Gewicht in die Höhe stemmt, kann sich das Bild hinterher strecken, wie es will.«

»Ich habe dich auf einem von Josts Filmen gesehen. Leider hat man nichts gehört. Aber es war trotzdem sehr schön, deine Versunkenheit und Hingabe.«

Ein Spatz hüpfte über die Tischkante, äugte nervös nach allen Seiten. »Der sollte einmal seine Schilddrüse untersuchen lassen«, schlug ich vor. Claire sah mich verwundert an. »Offengestanden«, fuhr ich fort, »habe ich es ein wenig heikel gefunden, dass du mir deine Nachricht auf den Beantworter gesprochen hast, Jost soll schließlich von diesem Treffen nicht unbedingt erfahren.« Sie schlug die Hand vor den Mund. Daran habe sie gar nicht gedacht.

»Ich habe mich ganz zurückgezogen, um es ihm einfacher zu machen«, gestand sie. »Ich will nicht mit seinen Gefühlen spielen, wenn er mich hasst, kommt er wohl am schnellsten darüber hinweg.« Als ich sie fragte, ob er die Hoffnung aufgeben müsse, sah sie mich an, als wäre ich der Unglücksrabe.

»Jost ist der argloseste Mensch, den ich kenne«, begann ich, um jetzt ein wenig Reklame für ihn zu machen, wofür ich schließlich hergekommen war. »Zum Beispiel ist er zur Verstellung ganz unfähig, er ist immer, in jedem Moment bei sich, ein offenes Buch. Das kann natürlich auch ganz schön anstrengend sein, aber man weiß immer, woran man mit ihm ist. Das Unausgesprochene oder Missverständnisse gibt es bei ihm nicht. Natürlich ist er dadurch leicht durchschaubar, und was er nicht begreift, das begreift er nun mal nicht und fertig, er hat immer das Gefühl, er werde für dumm verkauft, bloß weil er es nicht begreift.«

Claire stocherte mit dem Halm in ihrem Glas. »Ich habe ein Talent, die Menschen um mich herum unglücklich zu machen.«

»Das glaube ich nicht!«, rief ich.

»Manchmal möchte ich die ganze Welt umarmen und dann wieder bin ich von einer Härte und Kälte, die mich selber erschreckt.«

»Aber das stimmt doch nicht! Ich meine, das mit der Härte und Kälte. Das kann ich mir nicht vorstellen.«

7

»Sie müssen dieses Formular ausfüllen«, befiehlt die Schwester von vorhin. »Und den Becher auch, mit Speichel.«

Sie klemmt ein Blatt Papier auf eine Lederunterlage und zieht ein kleines Briefchen aus ihrer Kitteltasche. »Um den Speichelfluss anzuregen.« Ich lege mir eines der dünnen Plastikscheibchen auf die Zunge, kaue und halte das Formular nahe vor die Augen, um in der Dunkelheit lesen zu können. *Niedergeschlagen, gedämpft, ausgeglichen, gehoben, euphorisch.* In das kleine Quadrat vor *ausgeglichen* setze ich ein Kreuz, weiter unten gebe ich an, *sehr müde* zu sein. Das Füllen des Bechers zieht sich hin. Der Speichel schäumt erst hoch und fällt dann um zwei Drittel in sich zusammen.

»Sie sind Musiker, habe ich gelesen. Was spielen Sie denn?«

»Klavier. Und ich versuche zu komponieren.«

Trotz des Dämmerlichts kann ich ihre Augen sehen, glänzend und groß, darunter Nase, Wangen und Mund weniger geglückt und etwas unsorgfältig über das Rundgesicht verteilt. Ihr Haar hat sie zu einem Knopf hochgesteckt, um ein wenig Länge zu gewinnen.

»Was heißt versuchen?« Sie setzt sich auf den Stuhl neben dem Bett.

»Das heißt, ich sitze stundenlang alleine in meinem Zimmer und versuche, vom Geflüster der Inspiration einen halben Satz zu verstehen.«

»Dann begreife ich, warum Sie hier so ruhig daliegen können, im Gegensatz zu anderen Probanden.«

Wir schweigen eine Weile. »Die Kunst ruft«, bemerke ich, »das heißt meistens, sie ruft einen von andern Menschen weg.«

»Das tut nicht nur die Kunst.« Sie steht auf und langt in das Gestell neben der Tür. »Den können Sie mal versuchen, wenn Sie wollen.« Etwas Hartes, Faustgroßes fliegt mir in den Schoß, ein in daumennagelkleine Quadrate aufgeschnittener Würfel, dessen Farben man in Viererreihen auf die sechs Seiten zu verlegen hat. »Mein Name ist Sigrid Hagenbach. Schwester Sigrid im Allgemeinen.« Damit geht sie aus dem Zimmer.

Ich schraube einige Zeit im Halbdunkeln, verstelle, während ich an einer Seite arbeite, nur alle anderen. Jost und ich haben vor mehr als fünfzehn Jahren in Bournemouth an solchen Rätselwürfeln stundenlang herumgedreht und uns zwischen den Sprachkursen gegenseitig die Bestzeiten abgenommen. Der Lösungsweg ist mir längst entfallen. Beim Zurücklegen schiebe ich mit einer Würfelkante den gefüllten Speichelbecher über den Tischrand. Er fällt hinunter. Ich strecke mich aus dem Bett, soweit es die Kabel zulassen, bekomme an Stelle des Bechers ein Rohr aus rauem Plastik in die Finger, den dicken abgebogenen Hals einer milchigen Flasche, in die ich später wohl mein Wasser lassen soll.

Der Sohn des Reihenbacksteinhauses hieß Jason und schlug mit Vorliebe die Schubladenknäufe in unserem Zimmer ab oder riss die Vorhangstangen herunter. Von der Mutter zur Rede gestellt, erklärte er weitschweifig und zeigte auf Jost und mich, worauf wir aus der Hand voll neu gelernter Englisch-Vokabeln drei bis vier herauslasen und ohne Abendessen auf unser Zimmer hoch mussten. Nachdem Jason alle Farbplättchen von unseren Würfeln gekratzt und über die Vorgärten verstreut hatte, legten wir unser Geld zusammen, um zwei neue Würfel zu kaufen. Vor der Ladenkasse neben den Essigzwiebelchipstüten, auf denen Prinz Charles und Lady Diana Spencer aufgedruckt waren, drehte ich am Gestell mit den Musikkassetten, griff Beethovens Fünfte heraus und brachte meinen Würfel ins Regal zurück. Mein Plan, ein Musiker zu werden, verdichtete sich unter diesen entschlossenen, vorwärts drängenden Tönen.

Jasons Mutter saß am Tag der königlichen Hochzeit über Stunden vor dem Fernseher und trank Wein aus einem Bierglas. In der Nacht raschelte der Brautschleier an meinem Bett vorbei, und am vorderen Ende ging an Stelle der Prinzessin Diana Josts Schwester Marion.

Sie wohnte mit einer Freundin zusammen bei einem älteren kinderlosen Ehepaar. Der Freundin stiegen alle nach, weil sie hübsch war, frech und großbusig. Marion wurde dagegen kaum verhandelt, denn sie war hübsch, still und flach. Auch ich behelligte sie nicht, sondern teilte mit ihrem Bruder ein Zimmer und den Hunger und schürte das Gefühl, ihr dadurch auf gewisse Weise nahe zu sein. Nach dem Lichterlöschen wollte ich mit Jost über seine Schwester reden, bekam aber stattdessen zu hören, dass Schildkröten im Spätherbst in den Kühlschrank gelegt werden müssten, oder wie alt Schildkröten würden und dass er plane, in der letzten Ferienwoche einen Tier-Spielfilm zu drehen mit seinen beiden Schildkröten als Hauptdarstellern. Während Marion abends ihre Freundin in die örtlichen Pinten begleitete, folgte ich Jost in mehrere Fortsetzungen des Films *Freitag, der 13.*, in denen Jugendliche von einem Irren massakriert wurden, der zufälligerweise Jason hieß.

Auf dem Rückflug schloss ich meine Augen und lauschte auf Marions Stimme. »Wir müssen uns wiedersehen«, sagte sie plötzlich. Oder hatte sie einen Orangensaft bestellt? Die Sonne scheine in England so grell und ebne alle Farben ein, im Gegensatz zur Mittelmeersonne, die jede Farbe kräftig herausstreiche. Marion verglich die Farbenblässe der englischen Landschaft mit dem Geschmack des Essens. Ihre Freundin lachte, das habe doch nichts miteinander zu tun. Mir hingegen leuchtete die Entsprechung sofort ein. Den Redefluss der Freundin überbrückte ich mit einem Satz Beethoven und malte mir dazu Flugzeugabsturzszenen aus, an deren Ende Marion und ich, sie ohnmächtig und ich für zwei schwimmend, eine verlassene Insel erreichten. Ich baute eine Baumhütte und jagte Tiere. Beim Aussteigen stand sie vor mir. Ich sagte: Schönen Gruß an die Schildkröten. Sie drehte sich um und sah mich fragend an. Ich tat erst, als hätte ich nichts gesagt, wiederholte dann aber meinen Gruß an die Schildkröten. Sie wendete sich wieder nach vorne, als hätte sie nichts gehört. Ich bekam einen roten Kopf und betete, sie möge sich nicht mehr umdrehen; zu meinem Glück drehte sie sich auch nicht mehr um.

Zu Hause kaufte ich mir die Partitur der Fünften Sinfonie und schrieb den Paukenpart heraus. Während andere in ihrem Zimmer schon mit Mädchen schmusten, mimte ich in meinem heimlich den Paukisten. So lernte ich immerhin bald alle Pausenzeichen kennen, die es in der Notenschrift gibt.

8

Claire und ich stießen auf unser Wohl an, als nacheinander zwei Männer und eine Frau die Hand auf einen der freien Stühle an unserem Tisch legten und die Augenbrauen fragend hoben. Ich nickte und nickte wieder und beim dritten Mal rief ich: »Könnt ihr nicht reden oder was?« Die Frau lächelte und trug den Stuhl zu den anderen, die begonnen hatten, mit den Händen Zeichen zu machen. »Das sind Gehörlose«, flüsterte mir Claire zu. Ich sagte: »Wieso flüsterst du dann?«, wurde aber trotzdem rot vor Scham.

Während die Gehörlosen sich weiter von den Händen und Lippen lasen, spazierten wir am Flussufer, schauten abwechselnd in die Sternbilder hoch und in die Augen des anderen. Ich würde sie an einen besonderen Ort führen, verkündete ich.

Sie fragte nach, schubste mich und schimpfte. Ich blieb aber taub und stumm und freute mich über mein Geheimnis und wie festlich es neben uns her schritt.

»Hier!«, rief ich und legte meine Hand auf die Telefonzelle. »Man sieht es ihr vielleicht nicht an, aber sie hat kürzlich den Ciba-Geigy-Preis bekommen für eine der vielversprechendsten Telefonzellen der Stadt.« Claire verzog den Mund in gespieltem Ärger, sie rechnete mit einem Humbug. »Von hier aus«, sagte ich ernst, »habe ich dich das erste Mal angerufen.«

Die Kühle der Telefonzellenwand blieb in meinem Handteller wie ein Schwertgriff. Inmitten der Nachtstille, in die wir unsere Schritte wie Pailletten setzten, befiel mich ein seltener Schneid. Der ließ mich die Welt anlächeln; Kriege, Hungersnöte, Flüchtlingsströme – ich würde mich vor Claire und auf alles Üble werfen. Stellvertretend zeigte ich einem Autofahrer, der uns den Vortritt abgeschnitten hatte, den Vogel. Claire lachte und zog mich am Ärmel vor die Schaufenster, um mir zu zeigen, was umwerfend schön und was der Gipfel der Geschmacklosigkeit war. Ich gab ihr in allem Recht und hätte mich gerne mit einem Angreifer herumgeschlagen statt mit einem defekten Trambillettautomaten, hätte außer ihr gern Schnittwunden heimgebracht. Löwenmutig schritt ich später durch das Dunkel der Nacht, um für sie an der Kreuzung Zigaretten zu besorgen.

Claire saß auf dem Balkon und setzte eine kleine brennende Kerze in eine Wasserschale. Ich schloss die Augen, um dieses Bild für mich festzuhalten. Dann reichte ich ihr die Schachtel Zigaretten. »Aber man kann ja eine Ecke des Flusses sehen!«, freute ich mich.

»Na, willst du denn nicht?«, fragte Claire sanft.

»Was denn?«

Sie beugte sich über die Kerze und hielt schützend ihre Hand um den Docht wie an ein Kinderköpfchen.

»Ein Fluss ist in noch so kleinen Auszügen viel wert«, sagte ich leise. »Ich bin an einem aufgewachsen und kann das beurteilen.«

Die Kerze war ausgegangen, der Docht ins Wasser abgetaucht. Ich nahm eine neue und hielt sie über mein Feuerzeug, um das Dochtplättchen anzuschmelzen, zündete sie an und ließ sie in der Wasserschale schwimmen. »Sehr schlau«, lobte Claire. Wir nahmen eine Kerze um die andere, stabilisierten den Docht und setzten sie brennend aufs Wasser.

Die Lichter der ufernahen Häuser und Laternen spiegelten sich im Fluss, funkelten. Das wollte ich erst sagen, dass Himmel und Fluss stillhalten und sich etwas zumorsen, ließ es dann aber bleiben; man sollte die Romantik am Anfang auch nicht verschreien. Lieber kehrte ich die paar Fakten zusammen, die mir von dem Fernsehfilm über das Sternbild des Orion und die Giseh-Pyramiden noch im Sinn geblieben waren. Oder ich könnte beim Fluss bleiben, erzählen, dass ich der Sohn eines leidenschaftlichen Fischers sei, aber zwei linke Anglerhände und störendes Mitleid mit Fischen und Ködern empfunden habe, dass mein Vater die Schiffe am Wasserkraftwerk vorbeigeschleust, die ungeübteren Steuermänner um die tückische Kurve zwischen der Schwarzwald- und der Mittleren Brücke gelotst und die Ertrunkenen bei der Polizei gemeldet habe; und wenn wieder ein Junger oder eine Junge in den Rechen geschwemmt worden war, habe er mich scharf angesehen und gewarnt: Die Liebe sei eine starke Kraft.

»Tamara gerät nach spätestens eineinhalb Takten ins Stocken«, erzählte ich schließlich. »Sie schaut in die Noten, als wären die ihr noch nie im Leben untergekommen, dabei arbeiten wir seit Menschengedenken an dem Stück. Ich sitze in ihrem Rücken und gebe hin und wieder nützliche Ratschläge, die ich genauso gut dem Heizkörper oder der Steckdose erteilen könnte. Einmal habe ich sie gefragt, warum sie eigentlich zu mir in die Stunde komme. Sie hat ohne zu überlegen vorgerechnet, dass, würde sie jetzt aufhören mit Klavierunterricht, ihre Eltern das Gefühl hätten, das Geld für die Stunden der letzten Jahre aus dem Fenster geworfen zu haben. So bleibe ich weiter in ihrem Rücken sitzen, weil ein Lehrer im Augenwinkel den Schüler nervös macht und ich außerdem so vor den falschen Tönen eine kleine psychologische Deckung habe. Wenn sie sich dann zum Ende eines Stückes vorgekämpft hat, riecht es halb verbrannt.« Claire schenkte Wein nach und sagte, sie höre mir gerne zu. Ich sah zu den Sternen hoch und erzählte von den Nächten, in denen ich versunken am Schreibtisch aus der Schlafensstille über der Stadt meine eigene, unverwechselbare Musik zu schöpfen versuchte, in aller Heimlichkeit, als müsste ich mich dafür schämen, oder als wäre Künstlertum keines mehr, sobald man es herausposaunte. »Ich fasse aufwendige, abendfüllende Pläne, die sich mir unter der Hand gleich zerschlagen oder auf zwölfminütige Kammermusikformate zusammenziehen, ich verwebe fein ziselierte Klangflächen aus verzwickten Rhythmus- und Motivsträngen, reiße Melodie und Metrum gleich mit der Wurzel aus, diese überholten Moden, diese Strunke von vorgestern, an denen sich die gesamte Unterhaltungsmusikbranche noch festklammert. Und noch immer öffnet sich, wenn ich meine Musik in Sälen vorspiele, inwendig ein Abteil, in dem ich mich ungestört für mich schämen kann. Und die Töne, nach denen ich langwierig geschürft habe, klingen vor Publikum wie aus der Luft gegriffen, ins Blaue hinaus behauptet und wenig nach dem Moos auf dem Zeitgeschehen, als das mein Kompositionslehrer die Musik einmal bezeichnet hat. Ein Klangmoos, das dort ansetzen sollte, wo der Zeitgeist hinwehen, wo die ersten Fragen und Beweggründe der Gesellschaft rinden würden. Samuel Hürbin heißt mein Lehrer, er ist wie alle Komponisten lausig gekleidet, seine Haare sehen aus wie das Moos, von dem er immer spricht, und er hat eines meiner Werke ohne mein Wissen zum Wettbewerb um den Ciba-Geigy-Preis eingereicht. Zu meiner Überraschung habe ich den Preis erhalten, und zu meinem Schrecken steht mir die Preisverleihung noch bevor.« Claire strahlte mich an. »Jetzt fehlt mir für meine Dankesrede noch die Frau, die immer an mich geglaubt hat, ohne deren Unterstützung ich heute hier nicht vor Ihnen in dieser ehrwürdigen Säuremittelfabrikhalle stehen würde.«

»Die Rolle kann ich übernehmen«, sagte Claire, und ihre Augen funkelten wie ein Sternbild für sich. »Ich werde in der ersten Reihe sitzen und dich anhimmeln.«

9

»Sie dürfen nicht schlafen!«

Meine Haut brennt an manchen Stellen auf der Brust, an Unterarmen, Oberschenkeln und auf der Stirn. »Erst um elf Uhr abends, wenn das Licht gelöscht wird.«

Schwester Sigrid stellt einen Teller auf den Tisch und reicht mir ein Vollkornbrötchen. »Und wo ist der Speichelbecher?«

Ich überlege. Wo könnte der sein? – »Der ist zu Boden gefallen«, fällt mir ein. »Ich wollte den Würfel auf den Tisch zurücklegen.«

Sie bückt sich und redet unter das Bett: »Das nennt sich hier zwar Schlaflabor, aber tagsüber müssen Sie wach bleiben.« Sie kommt ächzend wieder hoch. »Nützen Sie die Zeit und die Ruhe, die Sie hier haben, horchen Sie auf die Inspiration und komponieren Sie etwas! Oder braucht man dazu ein Klavier?« Mit abgespreizten Fingern streckt sie mir den Becher entgegen.

»Man braucht vor allem Licht, wenigstens so viel, dass man ans Klavier finden würde, falls es eines gäbe.« Sie rupft das Formular aus der Klammer der Unterlage und dreht sich an der Tür nochmals um: »Soviel ich weiß, war Beethoven am Schluss taub und konnte trotzdem noch komponieren!«

»Ja, aber er war nicht blind.«

Das Brötchen schmeckt lange nach Nichts, bis ein dünner Erbsengeschmack aus der Ferne leise grüßt. Bach ist im Alter erblindet, fällt mir ein. Aber wie lange vor seinem Tod? Während ich überlege, putze ich den kleinen Becher mit der Bettdecke aus und fülle ihn zum zweiten Mal.

Höhlenforscher hatte ich als Bube werden wollen, später Musiker und Komponist. Ich hatte Klavier studiert, die Konzertreife erlangt und mich dann in die Grotte des Komponierens gewagt; dort galt es, Tropfsteine zu zählen und zu vermessen, Palestrina-Kontrapunkte, Bach-Choräle, Sonatenhauptsatzform und Zwölftonreihen. Daneben begab ich mich bei flackerndem Stirnlampenlicht mit gespitzten Bleistiften auf die Suche im Finstern nach meiner eigenen zeitgenössischen Musik. Je näher ich ihr kam, umso stärker verschwamm ihr Umriss und an Ort und Stelle fand ich eine leere Senke im Boden vor, die sich mit meinen Versagensängsten rasch anfüllte. Auf dem Rückweg schusterte ich im Kriechgang eine Skizze samt Werkplan zusammen, um nicht mit leeren Händen an den Tag zu kommen. Diese Skizze malte ich im Beisein meines Kompositionslehrers an die Wandtafel, auf der noch Akkordschemata des dritten Streichquartetts eines Vorgängers standen, der Heinz-Martin hieß, an Asthma litt und schon eine Sinfonie für großes Orchester komponiert hatte. Ich schrieb Noten, Pausen und Spielanweisungen auf die Tafel, um davon abzulenken, dass ich bloß ein Rauschen im Ohr aus meiner Höhle zurückgebracht hatte und keinen nie zuvor gehörten Klang, dass ich mir beim Sprung in den unterirdischen See meiner Begabung den Hals verstaucht hatte, weil der See an jener Uferstelle trüb und seicht gewesen war.

»Du musst dich der Musik verschreiben«, forderte mein Lehrer und seine Augen verzogen sich zu schmalen Scharten. »Das heißt: Verzichten, auf vieles verzichten. Du willst Leben in deiner Musik haben. Aber welches, wenn nicht das eigene? Und wo willst du es hernehmen? Du musst es dir schon absparen!« Tröstend fügte er an: »Die Musik frisst immer das private Glück des Komponisten auf, und weißt du weshalb? Weil sie später einmal das Glück an alle Welt verteilen muss.«

Er hieß Samuel Hürbin und sparte sein Leben seit Jahren für eine Oper auf, die er selbst, nicht ohne Stolz, als unspielbar und praktisch unaufführbar bezeichnete. Zweimal im Jahr lud er die Klasse zum Essen ein, nach dem dritten Glas Wein hatte er genügend Fahrt, um auf sein Hauptthema einzuschwenken: »Man vernimmt entweder die undeutlichen Sorgen der Freundin oder das undeutliche Flüstern der Inspiration. Man fragt sich entweder: Wie gestalte ich meinen zweiten Sinfoniesatz? oder: Wie gestalte ich mein zweites Ehejahr? Man legt sehr wohl den Kopf auf den Bauch der schwangeren Frau Gemahlin, aber lauscht dann heimlich doch dem schleppenden Gang des neusten Auftragswerks. Die Frau bemerkt es, natürlich, und beklagt sich, man sei mit dem Kopf immer woanders.« Allgemeines Schmunzeln und wissendes Nicken am Tisch. »Sie warnt, eine Beziehung muss von beiden innerlich mitgetragen werden, sonst bricht sie eines Tages in zwei Teile. Zwei Teile, denkt man, vielleicht müsste ich den langsamen Satz in zwei Teile gliedern!« Alle lachten. »Wer kennt einen großen Komponisten und guten Familienvater in einer Person?«, wurde in die Runde gefragt. »Wer eine glückliche Komponistengattin?« Samuel hob das Glas und rief kämpferisch: »Alle bedeutsamen Werke sind auf dem Rücken von Frauen und auf Kosten von Kindern erschaffen worden!« Und beim Nachtisch versuchte einer den anderen mit seinen familiären und sozialen Schwierigkeiten zu übertrumpfen.

10

Ich lag neben Claire wie in einem Technicolor-Film, der zu früh aus der Lösung gezogen wurde, und mit einer Selbstverständlichkeit, die innen noch grün war, von der man beim Essen Bauchweh kriegte. Wir hatten die Beine ausgestreckt und sahen zwischen unseren Füßen durch fern. Ein Moderator vermeldete den kolossalen Auftritt eines Sängers. Claire stand auf und ging ins Bad, wo meine Zahnbürste schon im Glas steckte wie eine Nationenflagge im Mond. Ob ich auch Wein möchte, rief sie später aus der Küche. Ja gern, rief ich zurück und konnte in dem Plopp des Korkens das Glück meines Lebens gebunden hören.

Mitten im Claireland lagerte ich auf dem Sofa wie alteingesessen und zersprang im Innern doch vor Freude. Als der Sänger seinen Refrain sang – *Ich will frei sein, wie der Wind, wenn er weht – frei sein, wie der Stern, der am Himmel steht* – schüttelte ich die Frage aus dem Ärmel, wie frei ein Stern eigentlich sei, der in der ewiggleichen Konstellation den Himmel entlangstehe, und was der Wind so treibe, wenn er nicht wehe? Dann könne er einmal ausspannen oder sich eine neue Hose kaufen gehen. Unaufgeregt wie ein Camper, der innerhalb einer Stunde seinen Wohnwagen-Alltag auch auf dem Mond hergestellt hätte, machte ich mich mit Salz über den Weinfleck her, den Claire auf das Sofa verschüttet hatte. Verstohlen ließ ich meine Augen durch ihr Reich streifen: Liebe Lampe, werter Vorhang, tolle Bücher, altes Bild, gutes kleines Klavier. Auf alles hatte sich Claire wie ein Puder gelegt. Und mitten darin war auch ich von ihr befallen, beschichtet mit Clairestaub.

Im Fernsehen hatten haarige kleine Monster eine amerikanische Kleinstadt überfallen. Als für Sekunden ein Mikrofon ins Bild wackelte, musste ich an Jost denken. Ich wischte das alte, weinrot verfärbte Salz zusammen und gab neues auf den Fleck.

Wir waren alle bestäubt mit Schöpferzucker und würden ohne diesen Belag bloß als haarige kleine Freundesverräter und Charaktermonster dastehen. Möglich, wir bekamen die himmlische Glasur in dem Moment übergezogen, als wir aus dem Mutterleib geboren wurden.

»Was man als sein Körpergewicht empfindet, ist zur Hauptsache bloße Muskelanspannung«, stellte Claire fest, während sich eine Gruppe Kleinstädter im Rathaus verschanzte. »Die rührt daher, dass man ein Ziel im Kopf hat wie einen Pilz, zum Beispiel aufstehen, nach etwas greifen, etwas sagen, und der Pilz wuchert über das Wissen um die Mittel, die man dazu aufbringen müsste. So setzt man Muskeln in Bewegung, die man gar nicht bräuchte. Man kommt vielleicht schon an sein Ziel, aber mit Kopfschmerzen, Bandscheibenvorfällen, Heiserkeit und so weiter und der Glaube setzt sich langsam durch, es sei das Alter oder der Erfolg, die nun einmal ihren Preis hätten. Aber das stimmt gar nicht. Die überflüssigen oder falschen Mittel, die man anwendet, die kosten.«

Die falschen Mittel, dachte ich und memorierte die Faustregel: Der Mann soll zuhören anstatt reden, Ohr sein statt Mund, höchstens darf er zwischendurch eine Frage stellen.

»Was meinst du mit falschen Mitteln?«

»Beobachte einmal, was jemand tut, der sich auf etwas konzentrieren will: Sein Brustkorb fällt zusammen, der Hals wird steif, der Kopf unbeweglich wie verschraubt. Dasselbe gilt für Gefühle. Man will ein bestimmtes Gefühl haben oder loswerden, hat aber keine Ahnung, wie es zustande gekommen ist. Um die Voraussetzungen muss man sich kümmern und nicht um die Gefühle. Das wäre sonst, als würdest du versuchen, die Leute zu begeistern mit einer Musik, die du noch gar nicht komponiert hast. Victor nennt es das Wissen um die Reihenfolgen oder auch das Handwerk des Selbstgebrauchs. Er sagt, die meisten Menschen gleichen Malern, die ein Bild von sich entwerfen, aber keine Ahnung von den Proportionen, vom Modellieren, vom Handwerk des Malens haben. Danach strecken sie sich nach dem Bild, das sie sein möchten, ohne die inneren Voraussetzungen dafür mitzubringen; sie verbiegen und verziehen sich. Um die inneren Voraussetzungen haben sie sich nie gekümmert.«

Der Ernst, mit dem sie bei der Sache war, versilberte ihre Gesichtszüge. Ich hätte nicht wiederholen können, wovon sie eigentlich sprach, aber es leuchtete mir vollkommen ein. Die Fragen waren mir alle ausgegangen. Ausser vielleicht einer: »Wer ist Victor?«

»Victor Rubalski. Ihr habt euch doch kennen gelernt.«

Dieser Schöpferzucker, mit dem wir bei der Geburt glasiert wurden, war wohl der Grund, weshalb es manche Männer ein Leben lang zwischen die Schenkel einer Frau zurückzog; sie wollten nachgepudert werden, ihre Liebenswertheit aufbessern. Die gewaltige Vergeblichkeit dieser Mühe ließ sich an so verbeulten, ausgemusterten Herzensbrechern und Grandseigneurs wie zum Beispiel diesem Rubalski ablesen, wenn die nach Jahrzehnten des Schenkelabklopfens und Schoßtauchens mit gestrecktem Hals über ihr Weinglas weiterbehaupteten, nicht die Berge, nicht die Sonnenaufgänge, sondern »die Frauen« zu lieben, und damit zugaben, an einer Frau vorbei alle anderen Frauen zu erblicken, was ja wohl hieß: an einer Frau vorbeizublicken. Da mochten sie noch so lange dem Geheimnis der Unbeschwertheit auf den Fersen sein und ihren Kopf vom Nacken fern halten.

Eine Haarsträhne kringelte sich über Claires Hals. Vielleicht konnte man mindestens Frauenhälse in ihrer Gesamtheit lieben. Ich hielt das für möglich und drückte meine Lippen darauf. Ein purpurner Abdruck blieb zurück, den ich abzuwischen versuchte. Claire wand sich, das kitzele sie am Gesäß. Mir sei einmal eine Broschüre über Gewalt in lesbischen Beziehungen in die Finger gekommen, erzählte ich, in der unter den Gewalttätigkeiten Schlagen, Kratzen, Haarereißen und Beschimpfen im Ernst auch Kitzeln aufgeführt gewesen sei. Claire fragte, wie ich an so eine Broschüre gelangt sei, und wir versuchten, uns gegenseitig grimmig zu kitzeln.

Nachdem die Monster alle, bis auf ein übersehenes Ei, vernichtet waren, nahm Claire meine Hand und schob sie sich unter den Pullover. Hier sei sie kitzelig. Als sie nur mit einem Slip bekleidet an mir vorbei ins Schlafzimmer trippelte, musste ich mich für einen Augenblick an der Wand abstützen.

11

»Haben Sie schon einmal vom Chickentest gehört?«

Der Doktor hat die Arme verschränkt und ein Bein übers andere geschlagen.

»Sie sperren ein kleines Küken für zwei Stunden in eine schallisolierte Box. Es piepst wie wild, weil es seine Kamerädchen vermisst. Nach zwei Minuten piepst es noch etwa einmal pro Sekunde. Es wird resignierter mit der Zeit, und nach einer Stunde macht es noch ungefähr ein- bis zweimal in der Minute einen Pieps. So erhalten wir eine Kurve der zunehmenden Resignation. Diese Kurve nennen wir den Piepsverlauf. Und nun nehmen wir einen Hamster und entfernen ihm die Zirbeldrüse aus dem Gehirn. Was passiert? Die Hoden bleiben groß! Hoden wachsen und schrumpfen nämlich nicht, wie es ihnen gerade passt. Die Tageslänge ist entscheidend und die Jahreszeit. Eines Tages kommt also ein Mann bei den Forschern vorbei und sagt: Leute, ich bin ein Hamster, denn alles, was ihr bei den Hamstern festgestellt habt, hat genau auf mich zugetroffen. Witzig, was?« Er lehnt sich zurück und zupft den Kugelschreiber aus der Brusttasche. »Was machen Sie beruflich noch mal?«

»Musik.«

»Ach ja. Es muss fantastisch sein, ein Instrument spielen zu können. Ich bin leider vollkommen unmusikalisch. Und die

Zeit hätte ich schon gar nicht. Ich komme auch so zu nichts, bin pausenlos hier drin. Meine Mutter sagt schon, wenn ich nach Hause komme, wer sind denn Sie? Als Witz. Naja.« Er trommelt mit dem Schreiber auf sein Knie. »Eigentlich besteht Musik ja auch aus Schwingungen und Rhythmen. Und sie bewegt sich durch die Zeit. Genauso laufen alle Vorgänge im Körper und in der Natur in bestimmten Rhythmen ab oder Phasen. Alles ist Oszillationen unterworfen, das ist das Geheimnis: Oszillation und Periodizität.«

Die Müdigkeit hängt sich zurück an meine Augenlider, wie ich mich als Kind an unser Garagentor gehängt habe. Sie sitzt halb aufgeblasen unter meinem Brustbein wie ein Ballon für den Fall in den Schlaf.

»Was setzt die Geschlechtsreife im Frühling in Gang oder den Fellwechsel im Herbst? Wie kommt eigentlich die Zeit in die Tiere und Menschen hinein? Warum schwankt die Körpertemperatur im Verlauf eines Tages? Warum sind die Menschen im Winter depressionsanfälliger als im Sommer? Und warum sind Frauen im Generellen anfälliger für die Winterdepression als Männer? Aber was tun die meisten Frauen?« Der Doktor sticht mit dem Kugelschreiber in die Stellen seiner Handlinien, wo Frauen vorgekommen sind oder noch vorkommen werden. »Sie bleiben zusätzlich in der guten Stube hocken und igeln sich ein! Das ist, wie wenn Sie Hungergefühle haben und deswegen extra nichts essen. Absurd.« Er steckt den Schreiber in die Brusttasche zurück und erhebt sich vom Stuhl. »Wenn Sie müde sind, dann rufen Sie uns, drücken Sie den Knopf dort.« Er zeigt auf einen kleinen schwarzen Apparat auf der Ablage unter dem Tisch. »Dann sprechen wir über dies und das, über die Musik zum Beispiel. Oder wir machen ein Spiel, wir haben hier alle möglichen Spiele. Also, rufen Sie uns.« Bevor er die Tür schließt, sagt er langsam und deutlich, als wäre ich schwerhörig: »Sie dürfen auf keinen Fall schlafen!«

12

Vor dem Fußpilz, der im Schaufenster neben Claires Haustür in Farbe und dreifacher Vergrößerung den Blickfang machte, blieb ich oft stehen wie vor etwas Hochinteressantem. Zum Scherz stellte ich mich eine Zeit lang vor jede Apotheke, an der wir vorbeikamen, musterte die schwarzen Raucherlungen, fußballgroßen Fieberbläschen oder Riesenhühneraugen und fing an, leise zu stöhnen. Claire fand das komisch.

Einmal zog ich sie vor das Schaufenster eines Musikgeschäfts und tippte mit dem Finger ans Glas, hier und dort könne man noch alte Stirnabdrücke sehen, das seien meine. »Da drinnen steht mein Traum auf drei Beinen. Den habe ich in Gedanken oft mit nach Hause genommen und an die Stelle meines Klaviers gestellt.« Ich schlang meine Arme von hinten um ihren Bauch, legte meine Wange an ihr Haar und bat sie, den Flügel einmal genauer zu betrachten. »Er steht da wie ein verlassenes Haus oder Schloss, findest du nicht? Die Musik ist fort, ausgezogen. Eine alte, vergangene geistert noch herum, Beethoven spukt in den Schränken. Aber die moderne, die Musik von heute wohnt nicht mehr dort, oder dann nur noch als Schmieröl für Balladen oder in der modernen E-Musik als Ungemütliche, leicht Übergeschnappte, über die sich die Nachbarn aufregen oder lustig machen.«

»Madonna muss aber schon sein, finde ich, oder eine Elton-John-Ballade«, wandte Claire ein und kreischte laut, als ich sie in die Seite zwickte.

»Ich frage mich, wo die Musik von heute wohnt. Eine Musik, die das innere Erleben der Menschen ausdrücken kann, auch für den Fall, dass sie gerade nicht verlassen worden oder frisch verliebt sind.«

Claire legte ihre Hand an meine Schläfe und sagte: »Sie wohnt in deinem Kopf. Du musst sie nur herauslassen.« Nachdem wir einige Schritte gegangen waren, fügte sie an: »Aber auf Madonna lasse ich trotzdem nichts kommen.« Ich zog sie zu mir hin und flüsterte: »Ein C müsste jedenfalls am Anfang und am Ende stehen.« Wir küssten uns.

»Ein C wie Claire«, hauchte sie. Da rührte es mich seltsam an, wie sie ihren eigenen Namen aussprach.

Wir saßen im Freien bei Salaten, Brot und Wein. Claire blinzelte ihrer Freundin Christina manchmal zu, als wollte sie sagen: Der ist nicht schlecht oder Hab ich dir zu viel versprochen. Ich hatte einen Vulkan und zwei Kugelraketen eingekauft. Christinas Freund weigerte sich, eines der Feuerwerke anzuzünden. Er hieß Arne, studierte Archäologie und überließ mir kampflos allen Platz in der Runde. Ich sprach ihn mehrfach an, um ihm ins Gespräch zu helfen, aber er schien zufrieden so im Hintergrund, schön und still und zugestopft wie eine vergrabene altgriechische Amphore. Den Vergleich zog ich auf dem Heimweg und zu Hause angekommen, fielen Claire und ich unter Nationalfeiertagsgeballer ins Bett, wie zwei Durstige, die sich austrinken müssen.

»Veranda Bielmann zum Beispiel ist auf ihrem pianistischen Weg nach oben ungefähr in der Für-Elise-Etage stecken geblieben, sie hat sich dort häuslich eingerichtet und bittet einzig noch darum, man möge ihre Unsitte, dauernd die Fingersätze zu wechseln, bitte abstellen.«

»Veranda?«

»Fingersätze würden sie einfach einengen, behauptet sie jeweils und verschwindet in die Küche, um ihren Spezialtee zu brauen; eine Eigenkreation, die ich ein einziges Mal aus Höflichkeit gelobt habe. Das Trinken des Tees verknüpft sich eng mit den Abgründen des Kunstmarktes, in die sie sich als Künstlerin hinabgestoßen fühlt. Veranda ist ihr Künstlername. Zu Beginn einer jeden Stunde muss ich mich an das von ihr bunt bemalte, mit roten Plastikherzen, Miniaturbrüsten und Stoffvaginas beklebte Klavier setzen und etwas aus dem *Verwachsenen Pfad* von Leoš Janáček spielen. Einmal hat sie darauf bestanden, eine Komposition aus meiner Feder zu hören. Sie findet das schade, hat sie danach gesagt, es gibt genug Leid und Wahnsinn auf der Welt, da muss man nicht auch noch die Musik ins Unglück treiben. Janáček dagegen findet sie schön wie eine polnische Landschaft im Mondlicht. Ich habe sie mehrfach darauf hingewiesen, dass Leoš Janáček ein Tscheche ist, aber die Landschaft bleibt fest in polnischer Hand.«

Sie sei ein Opfer der Blockflöte, erzählte Claire, während ihre Finger sanft über mein Brustbein streichelten. Das Klavier im Wohnzimmer gehöre einem Freund, der es vorübergehend bei ihr untergestellt habe. Zwei Jahre lange habe sie als Mädchen Klavierunterricht genommen bei einem Lehrer, über den sie nicht weiter sprechen wolle, der später dafür ins Gefängnis gekommen sei.

»Wofür?« fragte ich.

Jedenfalls habe sie von da an am Heiligabend sitzen bleiben dürfen und auch nicht mehr mit der Flöte vor den Baum müssen. Das *Herbei, oh ihr Gläubgen* sei im Hause der Treyers ohne

Musikbegleitung gesungen worden. Ihr Vater habe jedes Mal nach dem Lied gemeint, dass das doch Wahnsinn sei, seine Gläubger herbeizurufen, um sie auch noch fröhlich triumphieren zu lassen. Claire lachte. Fröhlich triumphieret komme im Liedtext vor, erklärte sie, als hätte ich den Witz nicht begriffen. Ihre Mutter habe sich jedenfalls geärgert und den Heiligen Abend immer mit allen ihren sieben Sinnen überwacht und mit der gesegneten Familienweihnacht in ihrem Kopf verglichen. Und sie selber hätte sich geschworen, einen weiten Bogen um alle Musiker zu machen.

»Wofür ist dein Klavierlehrer ins Gefängnis gekommen?«

Claire legte sich auf mich, begann mit der Hüfte zu kreisen und bat mich, noch eine Episode aus meinem Klavierlehrerleben zu erzählen, das finde sie einfach zum Schießen.

13

Mit der Hand kann ich den Alarmknopf nicht erreichen. So fasse ich die Mineralwasserflasche um den Hals und drücke ihren Boden auf den Knauf. Als ich mir die Flasche zur Kühlung an die Stirn halte, entziffere ich auf der Etikette den Satz: *Aus 666,4 Meter Tiefe, belüftet*. Ich presse die Augen zu, die vom Lesen schmerzen, und höre den Schlaf in seiner dunklen Ecke rascheln. Sobald ich die Augen öffne, verharrt er auf der Stelle, schließe ich sie wieder, so schleicht er weiter voran. Mein leerer Magen knurrt, als wollte er Wache halten. Aber ich fühle schon den Frieden, den die beiden, Schlaf und hungriger Magen, für einmal ausgehandelt haben.

Ich versuche, die schwarzen Punkte an der Zimmerdecke

zu zählen, verspringe bald um eine oder zwei Reihen und kann wieder von vorne beginnen. Meine Augen hangeln sich von einem zum nächsten, verkrampfen sich rasch, verlieren den Halt und schlittern und schleifen hilflos über die Kolonnen.

Ich versuchte, meinen Pickel testhalber ins Gletschereis zu hauen, konnte es aber nicht einmal anritzen. In der Nacht hatte ich noch unter der nach Gemsbock miefenden Hüttenwolldecke im Bergführer gelesen: *Falls der Kamerad in eine Spalte bricht, sofort hinlegen, Pickel ins Eis hauen und an der Schaufel festhalten.* Eher konnte man einen Ast mit einer Banane durchsägen. Der Jazztrompeter mit den Halbschuhen ging in der Mitte unserer Seilschaft. Er war von den beiden Frauen, die Jost und mich in die Berge hatten begleiten wollen, ungefragt eingeladen worden und dann auch mitgekommen, während die Frauen zu Hause geblieben waren, wegen Unwohlsein der einen. Beim Aufstieg war der Jazzer mehrmals durch die scharfkrustene Schneedecke beintief eingesunken, und als die Sonne hinter dem Bergkamm verschwunden und von der Hütte noch immer keine Spur zu sehen gewesen war, hatte er sein Bein ohne den Halbschuh aus dem Schnee gezogen; dann war er sitzen geblieben in der Socke und hatte von einem finnischen Saxophonspieler geschwärmt, während ich mir beim Graben zwei Finger blutig geschürft hatte. Auf dem Gletscher stach ich mit dem Pickel in das Eis vor meinen Schuhen und pfiff eine Mazurka von Chopin dazu. Der Jazzer fragte, was das solle und ob ich nicht schneller gehen könne. Jost rief, wir müssten größere Abstände halten, sonst nütze das Seil gar nichts. Also schritt ich zügig voran, brachte vor Trotz und Angst keinen Pfiff mehr heraus und schlug die Augen zum Himmel auf, von der Vorstellung weg, unter dem nächsten

Schritt würde das Eis brechen und eine abgrundtiefe Spalte freigeben. Auf festem Fels legten wir eine Rast ein und aßen unseren Tagesproviant auf. Die Bergkuppen ringsum leuchteten in der Morgensonne, meine Knie zitterten der Lebensgefahr noch ein Weilchen hinterher. Während der Jazzer von einem überschätzten Trompeterkollegen erzählte, von der schlechten Platte eines deutschen Posaunisten und von einem aus Armleuchtern bestehenden einheimischen Quintett, ging mir auf, dass die Berge eigentlich die Beethovensinfonien der Natur sind. Die Menschenfreundlichkeit, das Milde ist in ihrer Höhenlage abgestorben, gerade in ihren tiefer gelegenen Falten und Furchen lassen sie wenige Menschen im Kargen leben und lederig werden. Bergler, die für sich selbst schauen und keinem anderen zur Last fallen wollen, die ihren Respekt zu Füßen der Eigernordwand deponieren und deren Urahnen vor Jahrhunderten alle Leichtigkeit und Fantasie aus dem Tal verjagt haben. Neunundneunzig Prozent aller Jazzmusik klinge nach einem Drink, behauptete Jost, um dem Jazzer einmal das Wort abzuschneiden. Als hätten die Spieler Feierabend und keine Lust, sich diesen von den ernsten Dingen des Lebens verderben zu lassen. Wenn etwas nach Feierabend klinge, dann ja wohl die Klassische Musik, gab er zurück und machte sich in seinen Halbschuhen an den Abstieg. Ich rief ihm nach: Die moderne nicht, die klinge im Gegenteil nach Arbeit, deshalb wolle sie ja niemand hören.

Jost war es, der plötzlich »Achtung!« schrie. Ich machte zwei Rückwärtsschritte zur Wand hin und sah im nächsten Moment den Felsklotz gerade vor mir auf den Boden krachen. Er ruckelte kurz und lag dann da, still und scheinbar harmlos wie das Böse.

14

Hand in Hand spazierten Claire und ich über die Feldwege, grüßten die älteren Menschen, die auf Sitzbänken verschnauften, ließen uns von Hunden anschnuppern und machten behelmten Radlerfamilien Platz.

»Das Erstaunliche ist, dass der Mensch von klein auf die Fähigkeit hat, sich frei zu bewegen. Man sieht bei Kleinkindern keine krummen Rücken, keine fixierten Hälse oder hochgezogenen Schultern, das Zusammenspiel von Knie- und Hüftgelenken läuft wie am Schnürchen. Erst mit dem Denken geht diese Fähigkeit verloren, wenn das Denken alle Aufmerksamkeit in den Kopf hochzieht und die Räume um einen auf ihren Nutzen zusammenstutzt. Der Kniff ist, dass der Weg zurück zu dieser körperlichen Freiheit wiederum über das Denken führt. Man muss sich klar werden darüber, was man tun will und was es dazu braucht, und man muss die Dinge auseinander halten.«

Wir schritten über die wackligen Balken einer Holzbrücke. Claire riss von ihrem Brötchen kleine Stücke ab und warf sie den Enten zu, die herangeschwänzelt kamen; die Männchen in leuchtenden Farben, die Weibchen unscheinbar grau.

Dass man aus etwas herausgeworfen werde und sich dann zurückbemühen müsste, fand ich interessant. »Oft wendet man sich von etwas ab«, plauderte ich, »von seiner Kindheit, von einem Menschen, und dreht sich nicht mehr um, verbleibt in seinem Groll wie in einer Ecke. So steht man da, und der nächste Schritt ist meistens der Schritt ins Grab.«

Claire warf mir vor, ich würde alles hintragen, wo es nicht hingehöre, einfache körperbezogene Bewegungsprinzipien hochdeuteln und auf allgemein menschliche Verhaltensweisen projizieren. »Bei dir wird alles gleich zu einem Bild für etwas anderes. Damit hast du die Hauptsache nicht begriffen, nämlich die Dinge auseinander zu halten.«

Die Arme aufs Geländer gestützt wollte ich einen Spruch machen über die Schönheit im Tierreich, und wie sie merkwürdig auf die Geschlechter verteilt sei. Stattdessen fragte ich, wie fest sie eigentlich mit Jost zusammen gewesen sei.

»Du bist wie eine Frau!« fuhr sie mich an. »Frauen bringen immer alles durcheinander und rühren alles zusammen. Sie können nichts losgelöst von sich selbst betrachten, nichts dort stehen lassen, wo es ist, sie müssen immer alles an sich reißen und mit der eigenen Person und dem eigenen Leben verrühren.« Claire schüttelte die Tüte über dem Wasser aus und ging davon. Ich blieb noch eine Weile auf der Brücke und dachte zu den Enten hin, dass dies also unser erster Streit sei.

»Was gibt es denn?«

»Es tut mir leid, ich schlafe beinahe ein.«

Schwester Sigrid schaut auf mich herab wie eine Lehrerin, die sich eine Strafe überlegt. »Wir haben Mensch-ärgere-dich-nicht«, sagt sie mit leichter Betonung auf dem ärgere, »Halma, Mühlestein, Schach, was das Spielerherz begehrt.«

»Oder vielleicht etwas zum Lesen?«

»Haben wir auch.« Sie deutet einen Dienstmädchenknicks an und geht aus dem Zimmer. Ein blasses Licht streunt vom Flur durch die offene Tür herein und steckt den schwarzen Punkten an der Decke kleine Schatten auf. Also sind es gar keine Punkte, merke ich, sondern Löcher! Unzählige kleine, schwarze Löcher, maschinenpräzise in die Deckenplatten gestanzt.

Claire hielt ihren Kopf zu den Bäumen hin, die dicht beieinander standen wie Chorsänger. Ein kühler Wind fuhr mir ins Haar und in den Kragen.

»Jasmin Zombie heißt sie in meinen Gedanken, aber eigentlich ist ihr Name Zumbühl. Sie setzt sich auf den Klavierstuhl wie auf ein Nagelbrett und sitzt als lebender Rätselwürfel da, der als Einziges verrät, nichts an der Welt zu mögen, besonders keine Sonaten von Mozart oder Haydn. Johann Sebastian Bach hat ihr mit seinen zweistimmigen Inventionen einen bleibenden Schaden zugefügt. So behandle ich sie in der Stunde mit leichten Jazz- und Popstücken, deren Sinn und Gehalt wie bei einem belegten Brötchen nach einmaligem Aufessen ganz herausgestellt ist; es gibt darüber nichts weiter zu reden. Also geht das Auge aufs Technische: Ihre Finger liegen verboten flach auf den Tasten, wegen der langen, lila glitzernden Nägel, immerhin schmiert das Pedal trotz der Turnschuhe mit den dezimeterhohen Absätzen kaum.«

Claire schaute noch immer zum Waldrand und tat, als hörte sie mich nicht.

»Jasmin läuft die meiste Zeit im Stand-by-Modus. Im Innern nagen natürlich Sorgen, ob altersgemäße oder schlimmere, das weiß ich nicht. Manchmal sehe ich eine lebenslustige Frau in ihr wesen und eines schönen Morgens die Augen aufschlagen, und das Düstere wird sich lichten und mit dem ersten Kind nicht gerade verschwinden, aber absinken immerhin in tiefere, für einen Mann schwer einsehbare Schichten. Und dann wird sie alles an sich reißen und mit der eigenen Person verrühren.«

Claire boxte mich in den Oberarm.

»Ich frage alle Schüler einmal, oder versehentlich auch mehrmals, was das Schönste ist, das sie sich vorstellen können, um mit der Antwort eine Decke zu bekommen, zu der sie hinaufmusizieren können. Jasmin hat auf die Frage lange geschwiegen, von Zeit zu Zeit geblinzelt, dann hat sich wieder ewig nichts gerührt. Irgendwann hat sie geflüstert: Unverletzlich zu sein.«

»Gute Antwort.«

»Ich habe ihr erklärt, dass sie dann keine Musik mehr machen könnte, dass aus der Unverletzlichkeit heraus nichts entsteht, nichts Gutes jedenfalls. Musik würde es ohne Verletzlichkeit gar nicht geben. Ich habe sie also aufgefordert, das Stück noch einmal zu spielen und ihre eigene Verletzlichkeit nicht dahinter zu verstecken, sondern darin aufklingen zu lassen. Sie hat dann losgelegt und die alten Fehler der Reihe nach abgespielt, ohne einen einzigen auszulassen.«

15

Ich halte das Heft hoch und schräg, um das dürftige blaue Licht aus dem Glasschacht einzufangen. Auf der ersten Seite, die ich aufschlage, lese ich die Überschrift: *Wie Sie mit Ihrer Katze sprechen können*. Daneben ist von einer neuen, modischen und praktischen Art von Sterbesakrament die Rede, das einem die Luft nicht abschnüre. Ich lese noch einmal: Ach so, Stehkragenhemd! In einem Interview gibt ein Filmregisseur zu, sich in eine Sechzehnjährige verliebt zu haben, er findet poetische Worte, seine Liebe zu beschreiben: *Ganz lange Beine und sexy*. Er erzählt, wie er seiner Frau gesagt habe, dass ihre Ehe aufhören müsse, dann habe er seine Koffer genommen, habe alles in seinen weißen Ford Cabriolet mit dem roten Verdeck gepackt und erleichtert durchgeatmet. Er sei erst mal seine Familie losgeworden und zurück nach Berlin gefahren. Für seine Kinder, glaubt er, sei das ein traumatisches Erlebnis gewesen.

»Wollen Sie es nicht versuchen?« Schwester Sigrid hält den Rätselwürfel in der Hand.

»Ich habe es versucht. Es ist nicht gerade leicht.«

»Von den anderen Probanden haben's die meisten geschafft.« Sie legt den Würfel ins Regal zurück, untersucht der Reihe nach einige der kleinen Schachteln, äugt hinein, faltet die leeren zusammen. Ich frage mich, aus welchen Gründen der Regisseur das Modell des Wagens betont, mit dem er Frau und Kindern davongefahren ist.

Josts Zimmer wirkte eingefallen, kränklich. Dass einmal ein Bett, ein Schreibtisch und ein Büchergestell hineingepasst hatten, war schwer zu glauben. Räumen zog es vor Verlassenheit die Wände zusammen wie Mägen. Mägen und Schlafzimmer wussten anderes als man selbst. Sie kannten die Schleichwege, die man um seine Kernprobleme herum nahm, und bewahrten sie auf. Die Tisch- und Bettbeine hatten Stapfen im Spannteppich zurückgelassen, helle Vierecke an der Wand zeigten, wo Bilder gehangen hatten von einem Weidenbaum, an dessen Ästen zwei Buben schwangen, von einer kalbgroßen Kamera aus den Anfängen der Filmgeschichte und von Humphrey Bogart im Detektivmantel.

Filme können einen leicht auf den Gedanken bringen, man schöpfe aus den Möglichkeiten, die das Leben offensichtlich anzubieten habe, vielleicht einen halben Fingerhut voll aus und müsse dann noch um die Ansicht ringen, das Hütchen sei halb voll und nicht halb leer. Ich schilderte Claire, die mir gegenübersaß und in der Speisekarte blätterte, Josts Auszug aus der Wohnung, zählte die paar Sachen auf, die er vergessen hatte mitzunehmen und die nun in der Wohnung herumliegen würden wie kleine Male des Freundesverrats. Claires Augen wurden groß und unergründlich, zwischen ihren Brauen erschien eine senkrechte Falte wie eine Schmerzensmutter oder wie ein Schlitz, in den ich meine Worte einwerfen konnte, worauf sie von den Augen darunter auf mich zurückgespiegelt wurden. So erkannte ich den, von dem ich die ganze Zeit über sprach: Das also war ich! Und meine eigene Geschichte spielte sich bedeutend und dramatisch vor mir ab wie Monumentalfilmszenen: Der Auszug aus Ägypten, Das Wagenrennen.

Auch Claire konnte jederzeit eine filmreife Wendung ins Abenteuerliche nehmen, vom Abenteuerlichen ins Mysteriöse wechseln und vom Mysteriösen weiter ins Komische. In einer Szene rätselte ein Arzt über ihre Blutwerte und versuchte, diese mit der Malariaerkrankung vor einigen Jahren zu erklären, ein zweiter Arzt zog plötzlich Leukämie in Betracht wie einen Dolch aus dem Umhang, der erste Arzt renkte sich daraufhin beim Versuch, Claires Balkon zu erklettern, beide Schultern aus. In kurzen Rückblenden tauchten Männergestalten auf, meine Vorgänger, stellten sich ungeschickt an oder als gemeingefährlich heraus und verschwanden rasch wieder; darunter ein Schiffskapitän, der vor Haifa gegen Claires Kajütentüre trat und dessen Mütchen erst im Blaulicht der Hafenpolizei abkühlte.

Während ich peinliche Antworten auf Oberkellnerfragen gab, kannte Claire die Regeln des stilvollen Dinierens auswendig, wusste, wo die Serviette hinkam, wie die Bestecke am Schluss liegen mussten, dass ein Messer im Salat nichts zu suchen hatte, solche Dinge. Trotzdem war nach dem Abtischen ihre Seite voller Krümel und Flecken. »Tja, gewusst wie«, sagte ich anerkennend, »die Krümel zur Mitte des Tisches, die Saucenflecken an den Rand.« Claire lachte und tippte mit großen Augen und weichen warmen Fingerbeeren über mein Gesicht und legte dort Zwischenhalte ein, wo sie etwas Zauberhaftes aufgespürt hatte, wie zum Beispiel meine Augenbraue, den Rücken meiner Nase, meine Lippen, dann beschrieb sie ausführlich den Fund. Sie nannte mich den Größten, Besten und Schönsten, den, den sie gar nicht verdient habe. Ich hielt still, wie geschnappt von den Greifwerkzeugen des Glücks, und sah, während der Kellner unbekannte französische Nachspeisen aufzählte, Claires Liebe zu mir herüber ins Sichere, Trockene spazieren.

16

Mit der Spitze des Mittelfingers kann ich den Teller ertasten, ihn millimeterweise zu mir herantupfen, bis ich das Brötchen am Zipfel seiner Plastikhülle zu fassen bekomme. Ich kaue, warte auf den Erbsengeschmack und teile die Löcher an der Decke in Zweiergruppen auf, um sie besser zählen zu können. Stirnhaut und Brauen verspannen sich, die Augen beginnen zu brennen. Ich versuche, Brust- und Schlüsselbein freizugeben, den Kopf nach vorne und oben gehen zu lassen, in den Nacken darf er keineswegs fallen, unter keinen Umständen soll man Druck aufsetzen; so viel habe ich verstanden von der Rubalski-Methode. Alles in Bewegung, alles muss fließen, ausgenommen der Fluss der Gedanken, den sollte man abstauen, weil das Denken alle Aufmerksamkeit in den Kopf hochzieht und die Lebensräume um einen herum auf ihr Nutz- und Zweckmaß verkleinert; anschliessend sollte man die Schleuse kontrolliert öffnen, den Gedankenstrom zum Ziel hin begradigen und die Zuflüsse überwachen. Laut Rubalski ist der Mensch immer dort, wo seine Gedanken sind.

Die altvertrauten Gesichter trudelten ein und formierten sich gelassen zum allabendlichen Riff, an dem jeder seine Träume vom Vorwärtskommen zerschellen sehen konnte. Jede Bar führte einen Besen, mit dem sie nachts über die Stadt zog, um die ihren zusammenzukehren; sie wischte sie an den Tresen, an die paar Tische. Die Enge der Stadt wurde frenetisch beklagt, die Kleinzahl der Lokale, die man abends aufsuchen könne, aufs Komma vorgerechnet, und zwischen die leeren Gläser kamen die alten großen Pläne auf den Tisch. Wenn einer mich fragte, wie es gehe, war an seinen Froschaugen abzulesen, dass sich Josts Auszug schon durchs Quartier gesprochen hatte. Jost sei wieder in Berlin, wusste jemand, dort arbeite er an seinem Durchbruch. Bei Durchbruch lachten alle und sahen dann etwas verlegen zu mir herüber. Jost hatte schon einmal drei Monate in Berlin als Filmschaffender verlebt, ohne einen Meter belichteten Filmes heimzuschaffen, stattdessen hatte er einen Abdruck der großen Welt mitgebracht, den er fortan gegen die kleine hielt, in der er stecken musste.

Claire hatte sich lange gesträubt und sich nur auf neutralem Boden mit mir treffen wollen. Man solle die Vergangenheit nicht mit der Gegenwart vermischen, unsere Liebe müsse sich an unverbrauchten Orten abspielen. Ich hatte dagegengehalten, es brauche schließlich nicht immer vornehm zuzugehen, außerdem sei das Hirscheneck meine zweite Stube, in treuen Seilschaften würden dort alle über die Jahre steigen und im gemeinsamen Rückblick sehen, wie hoch hinaus sie es schon geschafft hätten: Gerade mal ins Hirscheneck! Das sei traurig, aber halt eben auch wahr.

Jetzt sah ich die blaugräulichen Rauchschwaden zum defekten Ventilator hochsteigen und verstand nicht, wie ich auf die Idee kommen konnte, Claire in so eine Spelunke einzuladen, sie meinen Kollegen vorzuführen wie einen Fang.

Als sie durch die Tür hereinkam, stand ich auf, um gleich mit ihr nach draußen zu verschwinden. Ein Mann folgte ihr nach, legte seine Hand an ihren Kragen und half ihr aus dem Mantel. Claire schaute sich nervös nach allen Seiten um, küsste mich zur Begrüßung flüchtig und sagte: »Ihr kennt euch ja bereits.« Der Mann ließ seinen Kopf zwischen ihr und mir hin und her gehen wie ein Periskop. Aus der grünsilbernen, hundenapfartigen Mütze wieselte ein schwarzer Haarzopf. »Der Musiker, nicht wahr?«, dröhnte er, und die Augenbrauen bäumten sich. Daran erkannte ich ihn wieder. »Rubalski!«, rief ich.

»Was macht die Musik?«, fragte er. Ich fasste Claire um die Hüfte und führte sie an die Theke. Rubalski drängelte sich vor und bestellte ein Glas Champagner und einen Hagebuttentee. »Wissen sie, ein Musiker muss das Unaussprechliche finden in sich drinnen, die Ohnmächte, und sie dann in Töne setzen, sie aufsingen vor all den Leuten. Aber natürlich, sobald er seine Ohnmächte findet, hat er keine Lust mehr aufs Singen. Er muss diese Ohnmächte erst abkühlen lassen, und ganz langsam werden sie aussprechbar, mit der Zeit. Und dann bei niedriger Temperatur kann er sie wieder aufwärmen für das verehrte Publikum. Das ist gerade die Kunst.« Er nahm die Teetasse zu sich und rührte mit dem Löffel darin. Ich fühlte Claires Finger auf meinem Oberschenkel sanfte Spiralen zeichnen. »Ich wusste gar nicht, dass die hier Tee ausschenken«, bemerkte ich.

»Weil das Finden von Dingen ein Leben lang schwer bleibt, versteifen sich auch die meisten Musiker nach einer gewissen Zeit auf ihren alten Fund und kochen ihn auf wie eine Fertigsuppe. Sie machen es sich bequem in der Aggression oder in der Unschuld an der Gitarre und singen gegen irgendetwas auf der Welt, was ihnen nicht passt. Dabei waren diese Dinge immer an der Zeit und demnach unvermeidlich. Andere Dinge müssten in die Zeit getragen werden, wie geschöpftes Wasser in die Dürre. Solche Dinge richten sich nie gegen etwas, sondern sind eine Quelle und sie sind immer persönlich. Die meisten Musiker aber kennen keine Ohnmächte außer auf Drogenparties und haben keine wirklichen Intentionen, außer der klitzekleinen, berühmt zu werden. Statt der Musik haben sie nur das Drumunddran im Auge.«

»Der einzelne Musiker kann machen, was er will«, gab ich zur Antwort, während Claires Finger heimlich meine Hose aufwärts wanderten. »Er kann es ernst meinen oder nicht, das spielt keine Rolle. Am Zustand der Musik, an der Art und Weise, wie Musik heute gehört oder eben nicht gehört wird, ändert er nichts. Ich rede hier gar nicht von der Unterhaltungsmusik, die immer unter einem Liedtext oder einem Filmbild begraben liegt, die immer einen Ausschnitt aus einer Liebesgeschichte nach sich ziehen muss wie einen Karren. Ich rede von einer Musik, der man zuhören muss wie einem, der sich etwas vom Herzen redet, die an keine Geschichte, an keinen Zweck gebunden, sondern frei ist und für sich selbst spricht, die in sich kunstvoll ist und zeitgenössisch.« Claires Finger waren zwischen meine Beine gelangt, drückten und streichelten. »Und die Musik hat ein Schicksal, und dieses ist verknüpft mit dem aller Menschen. Da kann der Einzelne gar nichts ausrichten. An ihr ist etwas abzulesen. Die moderne E-Musik zum Beispiel ist wie eine Art Ring zerschlagen worden, die Töne sind auseinander geflogen. Manche sagen, sie sind eben freigesetzt worden. Ich sage, sie haben ihren Schwerpunkt, ihren Boden verloren. Was ich sagen will«, fuhr ich fort, um die Situation weiter zu strecken, »ist, daß die Musik auch als Vehikel gebraucht wird für alle möglichen Dinge. Die Leute haben sie zu Hause parat im Regal, wie ein Aquarium mit Salzwasser und Meeresfischen drin, zum zwischendurch Hingucken. Aber das Aquarium ist nicht das Meer, das ist nicht einmal ein kleiner Ausschnitt des Meeres, weil alles, was das Meer ausmacht, fehlt. Und so ist es mit der Musik.«

Rubalski stieg von seinem Hocker und legte mir eine Hand auf die Schulter und die andere an den Kopf. Ich sah zu Claire, die ihre Finger von mir abgezogen und hinter ihrem Lächeln einen Zug angenommen hatte, der mir streng verbot, mich gegen diese Zutraulichkeit zu wehren. »Die Menschen gebrauchen auch ihren Körper als Vehikel«, erklärte Rubalski und bewegte meinen Kopf in sachtem Schwenken, »sie bemerken nicht das Eigenleben, das Automatische, das feine Zusammenspiel von Spannung, Energie und Kraft.« Eine Minute später verabschiedete er sich, indem er Claire altmodisch die Hand küsste und ringsherum allgemein um Entschuldigung bat.

»Was war denn das?«, rief ich, meine Stimme klang tiefer als gewöhnlich, mein Brustkorb dröhnte, schien hoch und weit, mit Gewölben und einer eigenen Akustik. Rubalski hatte mich an Kopf, Schultern und Brust berührt, ohne Kraft, die

Hand nur flach aufgelegt. Ich fühlte mich leicht, wie von Gurten nach oben gezogen.

»Er hat dich dazu gebracht, mit gewissen Dingen aufzuhören, die Schultern nach vorne zu drücken, den Kopf in der Schräge zu halten, das ist alles.« Claire strahlte mich an. »Was du spürst, ist dieselbe Kraft, die auch die Pflanzen wachsen lässt oder einen Baum oder ein Kind, etwas, das stärker ist als die Gravitation.«

Ich neigte mich zu ihr hin: »Darf ich dich dazu bewegen, mit gewissen Dingen wieder anzufangen?«

»Victor ist einfach unglaublich, nicht?«

17

»Waren da nicht zwei Brötchen auf dem Teller?« Schwester Sigrid fasst sich ans Kinn, die Tür hat sie einen Spalt weit offen gelassen. Ich gestehe, eines genommen und gegessen zu haben.

»Das dürfen Sie nicht!«, schimpft sie.

»Entschuldigung, ich habe gemeint, das sei ein Happen für zwischendurch.«

»Nein, das ist Ihr Essen.«

»Mehr gibt es nicht?«

»Jedes Brötchen zu seiner festgelegten Zeit.«

»Das ist alles?«

»Wir müssen uns hier an bestimmte Rhythmen halten, wenn wir saubere Daten bekommen wollen. Sie als Musiker müssten das eigentlich verstehen.« Das blasse Licht aus dem Flur streift über ihr getürmtes Haar und setzt den Löchern an der Zimmerdecke kleine Schattenhelme auf. Der Doktor kommt herein. Schwester Sigrid zeigt auf das übrig gebliebene Brötchen und meldet: »Er hat eins gegessen.«

»Wie fühlen Sie sich?« Der Doktor setzt sich auf den Stuhl. »Klavierspielen ist sicher sehr schwer, mit linker und rechter Hand immer verschiedene Dinge tun, ich könnte das nicht. Andererseits ist es natürlich schön, wenn man sein Hobby zum Beruf machen kann.«

»Ich dachte, die Brötchen seien Appetitanreger für zwischendurch.«

Schwester Sigrid schließt von innen her die Tür und stellt sich breitbeinig mit verschränkten Armen hinter dem Doktor auf. Der krault sich den Bart und meint: »Ich weiß, es ist hart, hier herumzuliegen den ganzen Tag. Aber Sie verstehen, dass wir Ihnen natürlich kein Radio ins Zimmer stellen können.«

Ich nicke tapfer.

»Schwester Sigrid hat ganz Recht, wir müssen hier feste Rhythmen einhalten, sonst sind die Daten, die wir erhalten, enorm schwer zu lesen. Oszillation und Periodizität, wie gesagt. Jeder Organismus ist durchpulst von verschiedenen Rhythmen. Wenn die nicht einigermaßen synchron verlaufen und der äußeren Uhrzeit angepasst sind, kann dem Menschen nicht wohl sein. Der biologische Tagesrhythmus dauert im Schnitt fünfundzwanzig Stunden, deswegen heißt er auch circadian und nicht dian.« Schwester Sigrid sperrt den Mund auf und gähnt. »Und diese circadianen Rhythmen entstehen in den einzelnen Zellen. Ein kleiner Zellenhaufen im Gehirn, der Suprachiasmatische Nukleus, dirigiert dieses große Ticktack.« Nun muss ich auch gähnen. »Sein Zeitfenster zur Außenwelt ist die Netzhaut des Auges. Solange Helligkeit durch dieses Fenster scheint, kann die Zirbeldrüse kein Melatonin ausschütten. Das mag Sie langweilen, aber es ist dennoch interessant. Melatonin senkt die Körpertemperatur, dämpft die Wachheit im Gehirn, regt das Immunsystem an und so weiter. Es könnte das Leben eines Menschen beträchtlich verlängern, denn es bekämpft die freien Radikalen und verhindert dadurch Oxidationsschäden in den Zellen und besonders an der DNA, es schützt die Membran und das Innere der Zellen vor krebserregenden Substanzen, es beugt Arterienverkalkung und Herzinfarkten vor.« Für jeden Pluspunkt tupft er sich mit seinem Kugelschreiber auf die Handinnenfläche. Er telegraphiert, dass in Amerika dieses Hormon längst verkauft werde, bei uns dagegen das übliche europäische Zaudern und Verschleppen herrsche. »Die Schwester wird jetzt mit Ihnen mal ein Spiel spielen.« Beidhändig klopft er sich auf die Oberschenkel. »Ich selber habe immer gerne Autoquartett gespielt. Ich weiß noch heute Hubräume und Zylinderzahlen von so einigen Lamborghinis oder Maseratis.« Er stemmt sich aus dem Stuhl wie nach einem guten alten Gespräch und stößt beinahe mit der Schwester zusammen. »Hier drinnen können Sie nicht tun, was Ihnen gerade passt«, warnt er. »Dafür können Sie sich entspannen und alles uns überlassen.«

Ich hatte drei Akkorde als Grundpfeiler gesetzt und wollte sie mit aufsteigenden Tongirlanden behängen und verbinden; ein Klavierstück sollte herausspringen, für Claire zum Geburtstag. Ich spielte hohe, perlende Töne auf dem Klavier, probierte verschiedene Rhythmen und Varianten durch, als ich ein Kratzen und Klopfen vernahm und mich umsah. Ein Vogel sank auf das Fensterbrett. Ich spielte weiter, da schoss er hoch und flatterte längs und quer über die Scheibe. Ich stoppte, und er hockte sich wieder hin, harrte, klopfte mit dem Schnäbelchen von Zeit zu Zeit ans Glas. Sobald ich spielte, flog er auf und suchte hektisch nach einem Einschlupf. Das ging so hin und her.

Die Orpheusgeschichte kam mir in den Sinn, vergilbter Schulstoff. Orpheus, dessen Gesang die wilden Tiere zähmt und die Bäume und Felsen verschiebt, der Eurydike ins Reich des Todes folgt, aber am Leben bleibend und lebend wieder von dort herauskommt, ohne seine Geliebte. Der von Liebe singt, aber nicht daran denkt, für seine Liebe vom Leben zu lassen, der also von der Liebe bloß singt. Und damit eine der Stanzformen des Künstlers bildet: Stark in der Kunst, aber schwach im Leben, Mensch der Tränen, nicht der Tat. Schließen Männlichkeit und Musikalität sich etwa aus?, fragte ich mich. An Sisyphos konnte ich mich erinnern, der mit dem Wälzen innehält und sich, um Orpheus' Liedern zu lauschen, auf seinen Stein draufsetzt. Oder an die thrakischen Musen, deren geschleuderte Steine vom Klagegesang des Helden weich und ungefährlich werden, die daraufhin in wildes Geschrei ausbrechen, damit die Steine Orpheus' Spiel und Stimme nicht mehr vernehmen können, und wirklich trifft der schwerhörigste unter den Steinen bald männlich hart mitten in die weichen Züge des Sängers.

18

Nachdem das Eisentor die Einfahrt freigegeben hatte, war das Haus noch nicht einmal zu sehen. Ich fragte Claire, wann die Bauern ihren Zehnten ablieferten, und schrumpfte innerlich zusammen, wie Pan Tau, mein Fernsehheld aus Kindertagen. Auf einer Lichtung standen mannshohe Säulen und stellten griechische oder römische Antike nach. Ich sah Claires Eltern schon wie gespannte Pfeilbögen hinter den Gardinen stehen und wünschte mir den Strauß in die Hand zurück, den ich im Blumengeschäft wieder in die Vase gesteckt hatte, weil mir der aufgeweckte Gedanke gekommen war, im Ernst könne man keine Blumen mehr über die Schwelle eines fremden Hauses strecken, das sei doch etwas für Filmschauspieler. Das Haus, ein flacher grauer Betonbau, war von hohen dunklen Tannen umstellt.

»Ich habe nicht einmal ein Mitbringsel«, bedauerte ich. Claire zog die Handbremse an, obwohl der Wagen auf ebenem Kiesplatz stand. Vor der Tür riss sie an dem Löwenkopf, der an einer dünnen Eisenstange steckte. Eine falsch verminderte Quart tönte aus dem Hausinnern. Claire lehnte sich an den Türrahmen und schaute in die Richtung der Säulen, die gipsweiß und sinnlos in einer Reihe standen, ohne etwas zu tragen, als gehörte sich das so. Ich nahm ihre Hand. In diesem Haus, in diesem Park hatte sie die zweite Hälfte ihrer Jugend verbracht. Hier war sie sonntags vor Langeweile fast eingegangen, oder wie viele Male den Weg heraufgekommen, fröhlich oder von etwas niedergeschlagen. Eine junge Frau öffnete die Tür und nickte höflich auf Claires Frage, ob father at home sei. Claire nannte sie Nadja. Sie trug eine altmodische Dienstmädchenhaube und sah eingeschüchtert und mutlos aus. So waren wir immerhin zu zweit, Nadja und Pan Tau.

»Da ist ja mein Kätzchen!«

Frau Treyer kam die Treppe herabgelaufen wie Mütter in alten Schwarzweißfilmen. Sie umarmte Claire. »Alles Gute zum Geburtstag, mein Kätzchen«, rief sie und hielt sie von sich weg. »Du hast zugenommen, Kleines, pass bloß auf!« Anschließend musterte sie mich, nannte mich »Herr Musikus« und warnte: »Sie gehen mir nicht aus dem Haus, bevor Sie uns etwas gespielt haben.«

»Schön haben Sie es hier, Frau Treyer«, sagte ich.

Der Papa habe noch zu tun, hieß es, nämlich mit dem Geburtstagsgeschenk. Ich flüsterte Claire »Kätzchen?« zu, worauf sie mir gegen den Knöchel trat. Während Nadja Gläser zum Anstoßen besorgte, setzten wir uns in die Polstergruppe. Ich schmunzelte in das riesige Wohnzimmer und ließ mir den pochenden Schmerz im Fußgelenk nicht anmerken.

Das Haus war nach der neusten Wohnmode eingerichtet worden, von schwarz gekleideten schlecht gelaunten Architekten wahrscheinlich; schnurgerade Linien, glatte Flächen und hohle Nischen hatten alles Gemütliche, Nestwarme kupiert und vom Grundstück vertrieben. Da und dort hatte sich eine Antiquität aus vornehm gesprungenem Holz hereingeschlichen, eine Pendeluhr, ein Sekretär, in einer Ecke stand ein brauner, sichtlich verstimmter Flügel wie ein armer Asylant.

Wir hoben die Anisschnapsgläser, das Anstoßklingen hallte durch den Raum. Ich lehnte mich ins Leere. Der Polstergruppe fehlte die Rückenstütze, so hockten wir darauf wie drei Kerzen. Ich nippte am Schnapps, spürte meinen Herzschlag im Knöchel und dachte an mein Geburtstagsgeschenk: Mein Klavierstück für Claire, das ich sorgfältig auf ein Notenblatt geschrieben und edel hatte verglasen und einrahmen lassen.

An den Wänden hingen vereinzelt Bilder, große in schweren Schnörkelrahmen, mit Malkastenfarben gemalt, also ohne mühsames Farbtonsuchen und -mischen. Sie wurden von kleinen Spotlampen beleuchtet und lehnten sich eng an den Surrealismus, so wie sich Claire nach außen an ihre Mutter gelehnt hatte, dieselbe gerade Nase, dieselbe »viel zu schmale« Oberlippe, die gleichen Bewegungsfolgen in Armen und Händen. Frau Treyer sah in dem Halblicht wie die ältere Schwester ihrer Tochter aus. Das hatte sie, laut Claire, einer fettarmen Kost und einem Dutzend operativer Eingriffe zu verdanken. Claire schwieg, auch die Mutter hatte ihre Versuche, mit der Tochter ins Gespräch zu kommen, unterdessen eingestellt.

Ich räusperte mich und sagte: »Sie haben viele Bilder.«

Herr Treyer wünschte zum Geburtstag viel Glück und zückte ein mit roter Schleife umbundenes Geschenk hinter dem Rücken hervor. Er küsste Claire auf die Wangen und beklagte sich über einen Kogler, der das Kommuniqué mal wieder beinahe verschlampt habe, dabei doch wisse, wann Redaktionsschluss sei, und abgesehen davon müsse man diese Dinger den Presseheinis richtig unter die Nase reiben.

Claire packte ein Mobiltelefon aus, das zusammengeklappt noch kleiner als eine Zigarettenschachtel war. Herr Treyer erklärte, das sei das allerneuste Modell auf dem Markt und dazu gehöre ein Jahresabonnement, damit könne sie so viel telefonieren …

»Gebührenfrei«, unterbrach Frau Treyer ihren Mann und wollte einige Abschnitte aus der Gebrauchsanweisung vorlesen.

»Sie sind also der Herr Schwiegersohn in spe«, sagte der Vater.

»Sehr witzig, Papa.«

»Schön haben Sie es hier, Herr Treyer.«

Ich hatte von meinem Platz am Tisch aus freien Blick auf das hell beleuchtete Aquarium, in dem es Felsen und Pflanzen und eine Art Korallenriff zu sehen gab, aber keine Fische. Nadja servierte die Suppe, der Schöpflöffel tupfte ans Porzellan, man hörte es plätschern. Claire hielt ihr Geschenk in einer Hand und tippte mit dem Daumen etwas ein, die Mutter und ich lächelten grundlos über den Tisch. Der Vater rief unvermittelt: »Gemüsesuppe!« und sah mich erwartungsvoll an, als wäre dies das Lösungswort. Es kam heraus, dass Claire erwähnt hatte, ich sei Vegetarier. Ich winkte bescheiden ab, und bevor jemand eine Verteidigungsrede halten konnte über den eigenen stark reduzierten Fleischverzehr, die Genmanipuliertheit von Soja oder die Tatsache, dass man streng genommen gar nichts mehr essen dürfe, wandte ich mich Nadja zu und fragte sie im besten Sommersprachkurs-Englisch, woher sie stamme.

»From Belarus«, hauchte sie verlegen.

»Oho«, rief ich laut, da ich nicht wusste, was das für ein Land war.

Frau Treyer äusserte: »Sie ist ein liebes Kind, nur manchmal ein bisschen lasch.«

Nadja ließ den Kopf hängen, als hätte Frau Treyer ganz Recht. Ich sah sie nachts in ihr Kissen weinen und sich nach Belarus zurücksehnen, wo immer das lag. Und ich sah den Suppenfleck, den ich eben aufs Tischtuch gekleckert hatte, und wie er sich langsam nach allen Seiten ausbreitete.

»Belarus ist Weißrussland«, flüsterte mir Claire zu.

»Das weiß ich«, flüsterte ich zurück.

Die Mutter ging mit der Bemerkung, »das wird sonst nichts«, in die Küche, um der Weißrussin zur Hand zu gehen. Der Vater rechte mit der Gabel das Tischtuch. »Sie sind also Musiker«, stellte er fest.

Nadja kam mit zwei Platten aus der Küche. In der einen lagen unter einer Käseschicht Hühnerbeine. Herr Treyer erzählte, amerikanische Wissenschaftler hätten herausgefunden, dass Musikunterricht im frühen Alter die Lernfähigkeit des Kindes fördere. Ich tat, als hätte ich davon noch nichts gehört.

Claire höhnte: »Was amerikanische Wissenschaftler alles herausfinden.«

»Entweder etwas vollkommen Selbstverständliches oder Unbrauchbares«, rutschte mir heraus. Der Vater winkte Nadja zu sich, die eben versuchte, an meiner gestreckten Hand vorbei einen Hühnerschenkel auf meinen Teller zu legen.

»Aber das ist doch nur Geflügel«, rief Frau Treyer, »das ist doch kein Fleisch!«

»Eine gesunde Aggressivität ist nur durch Fleisch zu erlangen«, sagte der Vater und sah mich kampfbereit an. »Das wissen auch die Sportler«, ergänzte er und nahm sich mit den Fingern ein Hühnerbein heraus.

»Abgesehen davon«, warf die Mutter ein, »darf man, wenn man es genau nimmt, eigentlich überhaupt nichts mehr essen.« Diesen Einwand tat der Vater als Hühnerkacke ab. Claire lachte.

»Haben Sie viel zu tun im Moment?«, fragte ich den Vater. Seine Lippen und Finger glänzten schon. Ich setzte dazu: »Haben Sie die Firma eigentlich alleine aufgebaut oder gegründet?«

»Allein aufgebaut!«, rief die Mutter und lachte. »Ich selbst wäre gerne Malerin geworden. Ich habe früher gemalt, wissen Sie.« Sie betupfte sich mit der Serviette die Mundwinkel. »Die meisten Bilder hier sind von mir. Ich habe auch Ausstellungen gehabt.« Ich schaute auf die großen kräftig gemalten Bilder an den Wänden. »Und Sie? Geben Sie auch Konzerte?«

»Er komponiert vor allen Dingen«, antwortete Claire.

»Und davon kann man leben?«

»Er hat immerhin einen Preis bekommen«, verteidigte mich Claire.

»Aber Konzerte geben Sie keine?«

»Doch, hin und wieder«, sagte ich und fühlte, wie mir das Blut in den Kopf schoss. »Und ich unterrichte noch. Vom Komponieren leben können nur sehr wenige. Nur eine kleine Elite.«

»Und zu der wollen Sie nicht gehören?« fragte der Vater.

»Das ist nicht eine Frage des Willens«, erklärte ich, »eher des Glücks und natürlich des Talents.«

»Da könnten Sie allerdings Recht haben«, sagte Frau Treyer und warf ihrem Gatten einen scharfen Blick zu.

»Mama! Ich glaube, es reicht jetzt.«

»Sie sehen, ich habe einen schweren Stand. Meine Tochter heißt nicht zufällig Judith mit dem zweiten Vornamen.«

»Was soll jetzt das heißen?«, fragte Claire.

»Sie heißt Judith zu Ehren meiner Mutter«, klärte der Vater mich auf.

»Was du nicht sagst!«, zischte die Mutter.

»Ach«, rief ich zu Claire, »ich hab gar nicht gewusst, dass du Judith mit zweitem Namen heißt.«

»Aber ihren ersten Namen kennen Sie, ja?«, fragte der Vater.

»Wie wär's jetzt mit Kaffee«, die Mutter klatschte in die Hände. »Sie trinken doch Kaffee?«

»Oder nur vegetarischen Grünwurzeltee?«, rief der Vater und lachte laut heraus.

In dem Aquarium bewegte sich ein Teil der Dekoration, ein graues knorpeliges Tier mit Antennen auf dem Kopf, das aussah wie der Felsgrund, den es bewohnte.

Ich schwenkte den Cognac und nippte in Abständen am Glas. Ich fand ihn holzig und rauchig und schwenkte dann wieder ein wenig das Glas. Das allgemeine Schweigen, das in dem halligen Raum wie der lebende Felsen im Aquarium zu Hause zu sein schien, wurde von dem Pendel der Standuhr der Länge nach auf eine Schwach- oder Hohlstelle abgeklopft. Die Mutter fragte: »Was sind denn jetzt eure Pläne?« Der Vater erzählte, wie er von der Schule geflogen sei und sich niemals auf irgendeiner Universität den Hintern abgefault habe wie so viele Pseudointellektuelle. Er kam darauf, dass man das wahre Leben nicht aus Büchern erfahre, sondern indem man sich kämpfend hocharbeite. Die Mutter verdrehte die Augen. Claire streichelte ihrem Vater die Schläfe, worauf er mich fragte, ob es etwa in der Musik darauf ankomme, an welcher Akademie einer studiert habe, da zähle doch gleichwohl nur die Leistung.

»Ich habe jüngst wieder so ein modernes Stück gehört«, berichtete Frau Treyer, »die müssen ja immer etwas Modernes ins Programm hineinzwängen. Wieso eigentlich? Komponieren Sie auch so? Das will ich aber nicht hoffen. Das klingt immer, als wären die im Orchester besoffen.«

»Es kommt schlussendlich immer darauf an, was einer aus sich heraus schaffen kann und nicht, egal wie viele Schulbänke er gedrückt hat. Wer ein gutes Produkt gut verkauft oder wer sich selbst gut verkauft, der ist vorne dabei. Das nenne ich Wettbewerb, da wird nicht der Staat bemüht um Unterstützung für alle und jeden, damit man selber nichts tun muss und um nichts kämpfen muss.«

Der Vater hatte den vierten Cognac in zwei Schlücken getrunken. Ich tat es ihm nach. Da zwinkerte er seiner Tochter zu, die beiden standen auf und gingen davon.

»Meine Tochter ist ein eigenwilliges Kind, und ein Dickschädel immer schon gewesen. Sie werden es nicht leicht haben mit ihr. Wo ich selber mich, als Mutter, schon so schwer tue.«

Ich nickte auf mein leeres Glas herab, das ich mit den Fingern rundum eingefettet hatte.

»Wollen Sie mir jetzt etwas vorspielen?«, bat sie und klatschte in die Hände.

»Was war das für ein zauberhaftes Stück?«, fragte sie hinterher. »War das Chopin?«

»Nein, Janáček. Ein Tscheche, wie der Name eigentlich schon sagt.«

»Noch nie gehört.«

»Auf verwachsenem Pfade.«

»Wie?«

»So heißt das Stück, genauer gesagt der Zyklus, es sind mehrere kurze Stücke.«

»Es ist traurig.« Sie schaute auf ihre Knie herab, als schliefe dort die Traurigkeit.

»Soll ich noch eines spielen?«, fragte ich.

»Kommen Sie einmal mit!«

Ich folgte ihr die Treppe hinab in den Keller. Aus einem Raum war Geschrei und Gelächter zu hören. Frau Treyer hielt ihren Zeigefinger vor die Lippen und schob mich zur halb offenen Tür. Der Vater beugte sich über den Billardtisch und zielte auf eine Kugel. Claire sagte: »Das klappt nie!« und lachte. Die Mutter seufzte mir von hinten ins Ohr.

Wir fuhren an den griechischen oder römischen Säulen vorbei, der Kies spickte an den Fahrzeugboden, Claire seufzte übers Steuerrad. Geburtstag und Seufzen gehören auch zusammen, dachte ich und überlegte, wann ich ihr mein Geschenk überreichen sollte.

»Meiner Mutter ist nicht mehr zu helfen«, sagte Claire. »Und dieses Hühnchen zu essen hätte dich auch nicht gerade umgebracht.«

Ich antwortete: »Du würdest höflichkeitshalber auch nicht …«, doch fiel mir kein passender Vergleich ein. Oft setze ich zu einem Vergleich an, der mir dann nicht einfällt.

19

»Das habe ich lange nicht mehr gespielt«, verkünde ich, um ein wenig die Stimmung anzufachen. Schwester Sigrid hebt den Deckel von der Spielschachtel, entfaltet den Karton und nimmt sich eine Spielfigur. Ich wähle Blau oder Grün, die Farben sind in der Dunkelheit kaum auseinander zu halten.

»Wer die höhere Zahl würfelt, fängt an«, kommandiert sie und würfelt eine Sechs.

Ich werfe eine Zwei. »Oje, mit der linken Hand zu würfeln bin ich gar nicht gewohnt.«

»Ich fange an!« Sie reibt den Würfel zwischen den Händen, als wollte sie ein Kügelchen daraus kneten. »Fünf!« Ihre Figur tippt übers Spielbrett und gelangt auf ein Feld mit einer Leiter, die sie nun hochklettern darf; schon hat sie einen Vorsprung von drei Felderreihen.

»Was für Musik komponieren Sie?«, fragt sie entspannt.

»Klassische Musik im Grunde, nur ein bisschen moderner.«

»Kennen Sie den Franzosen Olivier Messiaen?«

»Natürlich.«

»Mein Lieblingskomponist.«

»Wirklich?«, rufe ich erstaunt.

Neben den Leitern lauern unterschiedlich lange Rutschbahnen auf die Spielfiguren, um sie mehr oder weniger weit zurückzuwerfen. Schwester Sigrid trifft mit erstaunlicher Genauigkeit die längsten Rutschbahnen, während ich über die Leitern dem Ziel nur so entgegenfliege.

»Das freut mich«, gestehe ich.

»Bescheiden im Sieg, groß in der Niederlage.«

»Nein, ich meine, dass Messiaen Ihr Lieblingskomponist ist, das freut mich.«

»Wenn ich Musik höre, habe ich immer das Gefühl, ich sitze in einem geschlossenen Raum. Was ja auch meistens der Fall ist. Konzerte im Freien sind ja nichts, es verbläst den Klang, man kann sich nicht konzentrieren und so weiter. Aber bei dem Franzosen, da habe ich das Gefühl, draußen zu sitzen und der Natur zuzuhören, dem Wind, den Bäumen, den Vögeln. Jetzt schauen Sie mich an wie Gespenst.«

»Entschuldigung. Revanche?«

»Nein. Ich fürchte, ich habe noch anderes zu tun, als hier stundenlang herumzuspielen.«

Christina schenkte Claire eine afrikanische Halskette aus Tierknochen und -zähnen. Arne hatte einen Geburtstagskuchen gebacken. »Unter Schmerzen«, betonte Christina und zeigte mit dem Kuchenmesser auf Arnes Rücken.

»Rückenschmerzen entstehen oft nicht im Bereich des Rückens«, erläuterte Claire, während sie die Stelle untersuchte und mit den Fingern leicht massierte. »Die meisten Schmerzen schleichen gern von ihrem Ursprungsort weg, treiben die Wurzeln erst einmal querwärts.«

»Schmerzen sind eben schlaue Hunde«, warf ich ein.

»Deshalb bringt es nichts, an Stellen, wo die Beschwerden auftreten, nach der Ursache zu graben oder vorbeugend gegen Rückenschmerzen zum Beispiel die Rückenmuskeln mit Hantelgewichten zu stärken.«

»Das bringt immerhin einen muskulösen Körper«, rief ich, »dadurch mehr Erfolg bei den Frauen und dadurch wiederum mehr Selbstvertrauen; Frauen und Selbstvertrauen reimen sich nicht umsonst.«

»Man trainiert sich Muskeln an, aber nicht die Fähigkeit, sie zu gebrauchen, so erlangt man bloß die Kraft, um sich zusätzlich zu verspannen.«

»Vielleicht sollte unser Arne einfach nicht so viele mesopotamische Tempelanlagen ausgraben!«

Nachdem ich mein Klavierstück in Reinschrift auf das Notenpapier gebracht hatte, war mir erst aufgefallen, dass es gerade so viele Takte zählte wie Claire Lebensjahre, nämlich dreiunddreißig. So nannte ich es *Dreiunddreißig Takte für C.*

»Du kannst es aufhängen wie ein Bild, und zum Anhören darfst du mich zu jeder Tages- und Nachtzeit aufbieten, ich werde kommen und es dir vorspielen.«

Der Vogel hatte nach einiger Zeit aufgegeben, sein Werbeglück woanders versucht, so hatte ich meine Passagen und Querläufe um die drei Hauptakkorde verlegen und darüber feine Melodien erfinden können, die wie Seilschaften aufstiegen, ihren Anfang und ihr Ende im Ton C fanden.

Im ersten Akkord gelangte Claire an das Ende des Tages wie landwegs an die Küste, bestieg mit dem letzten Licht ein Boot, legte ab und glitt in die Nacht hinaus, in der wir uns zärtlich liebten, zärtlich und schweigend, sodass ich neben aller Hingabe heimlich doch rätseln musste, ob ich das Gleiche oder etwas anderes schneller oder langsamer an derselben oder einer anderen Stelle verrichten sollte.

Im zweiten wurde sie vor das blendhelle Gelände eines neuen Tages geworfen, hinter dessen Dünen aus erstem Licht ihre Melancholien auf sie warteten. Ihr Sternzeichen, das offiziell auf meines schlecht passte, ging am Morgenhimmel unter, während ich vor der verriegelten Badezimmertür stand und dem Öffne-dich-Spruch nachgrübelte. »Ich ruf dich später an«, rief ich so munter wie möglich und zog mich für zwei, drei Tage in meine Komponier- und Übklause zurück.

Im dritten Akkord ergab Claire ein Rätsel, obwohl ihr doch die Klarheit im Namen lag, die Klarheit und der Schein. Sie brauche Distanz, um zu sich selbst zu finden, vieles habe sie mir nicht erzählt, um mich nicht zu belasten. Ich stellte keine Fragen und fühlte mich für alles gerüstet; es war ja noch viel Zeit, die köstliche Zeit der Welt. Sie sagte, sie habe Angst davor, mich unglücklich zu machen. Ich antwortete nicht: Wehe, du wagst es! sondern lächelte vertrauend und unbesorgt und wunderte mich nur, wie sie auf *unglücklich* kam. Als würde meine Liebe für uns beide ausreichen, und Claire mochte meinetwegen undurchschaubar bleiben.

Als ich zu Ende gespielt hatte, steckte sich Claire eine Zigarette an. Nach einer Weile sagte ich: »Das wär's.« Sie schüttelte den Kopf und meinte: »Mein Vater hat all die Jahre um den Respekt meiner Mutter gekämpft, aber vergeblich. Meine Mutter verachtet ihn und wird mit den Jahren nur hysterischer.«

Ich nahm mein Notenbild vom Pult, stellte es auf meinen Schoß und bemerkte, dass Partnerschaften nach Sternzeichen, Aszendenten und Blutgruppen eingegangen würden, aber auf ihre Melancholien würden die Anwärter kaum jemals untersucht, dabei könne gerade das Aufweisen einer anderen oder gar keiner Melancholiengruppe den einen für den anderen über die Jahre unverstehbar werden lassen.

»Ich muss jetzt alleine sein«, unterbrach mich Claire und drückte mir einen Kuss halb neben die Lippen. Ich blieb auf meinem Stuhl sitzen, luchste ihr in der Küche ein Glas Wein ab, schindete Zeit, schrumpfte auf Pan-Tau-Größe und konnte am Ende dank meiner Winzigkeit doch noch in ihr Bett schlüpfen. Ihr Rücken erhob sich unter der Decke wie ein beschneiter Gebirgszug, drei Tagesritte entfernt. Vielleicht, überlegte ich, pochte das Leben darauf, dass man seine Haltung ab und zu verlieren sollte, so wie es von anderen verlangte, die Haltung hin und wieder zu bewahren. Ich stellte mir vor, wie ich groß und größer werden, aufstehen, einen Stuhl nehmen und mit Wucht gegen die Wand schleudern würde. Nachdem ich wirklich aufgestanden war und mir anstelle eines Stuhls den Kartenhalter auf der Fensterbank gegriffen hatte, sagte Claire: »Vielleicht ist es wegen meines Bruders.«

»Du hast einen Bruder?«, fragte ich erstaunt und las auf der Schriftseite einer Postkarte *Alles Liebe Victor*.

»Ich muss an meinem Geburtstag immer an ihn denken, und da werde ich dann wie unter den Erdboden gesogen.«

An Claires viertem Geburtstag war Jacques Treyer im Trubel eines Jahrmarktes verloren gegangen und nicht wieder aufgetaucht. Die Mutter hatte Claire auf ein Karussell gesetzt, während nach dem Buben gesucht worden war. Claire war kreisum gefahren, wieder und wieder an der wachsenden Panik ihrer Mutter vorbei. Das Foto des Sechsjährigen war in

Zeitungen und im Fernsehen erschienen. Das Karussell hatte leuchtend gelb geschimmert und das hölzerne Pferd nur noch ein Auge gehabt. »Ich hasse Gelb«, flüsterte Claire, »und ich hasse Karussells.«

20

»Jetzt gibt es halt leider keins!« Schwester Sigrid schiebt den Teller mit dem letzten Vollkornbrötchen ans ferne Tischende. »Und Sie dürfen erst um elf Uhr abends schlafen, wenn das Licht ausgeht!« Sie reicht mir die Unterlage mit dem neuen Formular. Ich zeichne ein Kreuz in die Müdigkeitsskala vor *normal*, ein weiteres in die Stimmung-Rubrik vor *ausgeglichen* und schreibe unter *Besonderes* hin: Leichte Hungergefühle.

»Speichel müsste ich noch haben.« Während ich das Plastikscheibchen kaue, nimmt sie Platz, greift sich über den Kopf, löst die Haarklammer und steckt die Frisur neu auf.

»Und wie sind Sie auf Messiaen gestoßen?« frage ich sie.

»Das interessiert Sie jetzt, nicht wahr? Mein Neffe spielt Orgel und hat ein Konzert gegeben, in der Pauluskirche oben beim Zoologischen Garten, da habe ich eben zugehört und mich keine Sekunde gelangweilt.«

»Da haben Sie eben zugehört«, wiederhole ich. »Apropos zuhören, der Doktor sagte, hier drin dürfe man nicht Radio hören.«

»Reine Schikane«, erklärt sie ernst und klopft mir dann breit lächelnd aufs Bein. »Wegen der Zeitansagen natürlich. Ihre eigene innere Uhr soll einmal ungestört und selbständig laufen.«

Wir schweigen, stellen das Bild *Mutter und kranker Sohn* nach, in zu dunkel geratener Kopie allerdings. Ich sage: »Die Depression soll ja eine Krankheit sein wie jede andere auch.«

Schwester Sigrid scheint in Gedanken versunken. »Also organische, physische Ursachen haben«, setze ich dazu.

»Wohl wahr.« Sie neigt sich zu mir hin. »Sie sind ein Melancholiker, das steht Ihnen um die Augen geschrieben. Ist die Musik, die Sie schreiben, auch so melancholisch?«

»Ich weiß nicht«, antworte ich verlegen. »Darüber müsste ich nachdenken. Ein Kritiker hat einmal geschrieben, meine Musik sei farbig, schroff und mit sich selbst beschäftigt.«

Sie bückt sich unter das Bett, als hätte sie meine Verlegenheit bemerkt. »Sie haben ja noch gar nichts gemacht!«, ruft sie, holt die Urinflasche hervor und legt sie auf die Decke, mir zwischen die Beine. Meine Blase schießt einen Salut kurzer stechender Schmerzen.

»Und eine Schülerin hat nach dem Hören eines meiner Stücke gemeint, es gebe genug Leid auf der Welt, da müsse man nicht auch noch die Musik ins Unglück treiben.«

Schwester Sigrid atmet tief ein und lange aus. »Ich glaube, jeder Mensch trägt im Inneren einen Magneten, der entweder das Glück oder das Unglück anzieht, und es sind die Gedanken, die den Menschen sozusagen polen. Aber Gedanken entstehen in verschiedenen Schichten, es gibt da Stockwerke. In den oberen ist die Aussicht prächtig, dort wohnen Hoffnung und Zutrauen, und es werden Pläne geschmiedet. In den Untergeschossen wird an diese Pläne nicht immer geglaubt, es herrschen Befürchtungen und Sorgen. Eine Krankheit ist immer eine schlimme Sache, vom Obergeschoss aus betrachtet. Es kann aber sein, dass dieselbe Krankheit im Keller des Hauses heimlich begrüßt wird und benutzt wird für alle möglichen Dinge: Um Selbstmitleid herzustellen, um Verpasstes zu entschuldigen, um mangelnden Lebensmut zu kaschieren oder schlicht als Notbremse, weil sich der Mensch in die falsche Richtung verrannt hat. Man müsste hier im Haus einmal die Betten durchkämmen und all die Keller ausleuchten, dann könnte man sich vermutlich die Hälfte der Medikamente sparen.« Sie geht zur Tür und zeigt auf die Flasche. »Und jetzt machen Sie mal schön da rein.«

Ich durchkämme mit den Augen die Kolonnen an der Zimmerdecke. In den Räumen zwischen den schwarzen Löchern ergeben sich wechselnde Muster, Quadrate und Trapeze, Schneisen, die sich auftun und verschließen, Pfeilgeraden, Kreuze, Spitzkehren. Die Holzwege und Sackgassen, von denen mein Kompositionslehrer immer gesprochen hat, von den nicht gangbaren Pfaden, den Steigen, die sich verlaufen, die man im Umkreis seiner Musik aber allesamt gut kennen müsse.

Ein erster Kompositionsauftrag war hereingekommen, zusammen mit einer kurzen Gratulation zum Ciba-Geigy-Preis; so schnell geht das dann. Das Ensemble *Con Brio* bestellte fünfzehn bis zwanzig Minuten für Marimbaphon, Englischhorn und Bratsche auf Anfang Dezember. Ich hatte einen zusätzlichen Monat herausgeschlagen, einen Plan im Groben entworfen, einige Bratschenflageolette notiert und einen Arbeitstitel gefunden: »Holzwege«. Die Sonne versank hinter einer Dächerzeile, ein Goldmünzeinwurf, für den man einen sternklaren Nachthimmel aufgespannt bekam. Ich saß am Schreibtisch über meinen Notenblättern, spitzte einige Bleistifte, setzte Systeme und Schlüssel für die drei Instrumente und schrieb: *Liebe Claire*

Die Unendlichkeit ist auf Erden durch das Unendlich-Kleine vertreten. Um das Unendlich-Große zu finden, muss man schon vom Erdball weg, ins Universum zielen. Auch Kummer und Verzweiflung sind im Kleinen endlos teilbar, einzeln durch ein Mikroskop zu betrachten und in vielfacher Vergrößerung zu beklagen, im Großen aber durch ein Maß begrenzt, das einmal voll ist, über das es nicht weiter hinausgeht, auf dem man bloß anlangen kann wie auf einer Bergspitze oder in einem Meeresgraben. Es ist dort nicht zum Aushalten oder höchstens für kurz, und immer ist es eine Einzelkuppe, ein Einpersonengraben.

Woher Hilfe holen? Aus dem Glauben, unser Sonnensystem bilde das Zentrum der Welt, ein Schöpfer habe geschöpft mittels eines Rufes und einen Plan dabei verfolgt, und alle Ereignisse auf diesem Plan seien zum Guten hin angelegt? Aber dieser Glaube ist auf viertel oder fünftel Kraft heruntergefahren worden – von wem? – und im selben Maß haben die Töne der Neuen Musik ihren Zusammenhalt, ihren Schwerpunkt, ihre harmonische Mitte verloren, sie eiern wie Trümmerstücke, halten sich an die Ohnmächte und Leiden der Menschen, ohne Trostkraft, ohne Licht auf anderes zu werfen.

»Holzwege« heißt mein neues Stück, ich sollte daran arbeiten, aber kann es nicht. Das Schicksal Deines Bruders hockt auf meiner Brust wie ein Alp und zischelt mir ins Ohr. Vor meinem Fenster ist die Nacht aufgezogen, der freundliche Beruhigungsfilter, den der Tageshimmel zwischen Erde und Weltall legt, hat sich aufgelöst, die Sicht ist frei in den Raum- und Zeitrachen, in meine eigene unermessliche Winzigkeit. Ich versuche, auf die dunklen Flüstertöne des Alps eine Gegenstimme zu finden, singe, spiele, so wie einer allein im Finstern zu pfeifen beginnt. Aber auf welchen Text?

»Tränen bewässern Stellen im Dunkeln, an denen später im Licht etwas keimen, sprießen und aufblühen kann; ohne Tränen kein Wurzelschlagen und kein Wachstum.« Ein Gärtnervergleich, ein

putziger Trost. Der einzige, den ich Dir geben kann, neben der Liebe und den Küssen, die diesem Brief als Hauptsachen beigelegt sind.

21

Der Journalist fragte sein Aufnahmegerät, was für eine gesellschaftliche Relevanz die moderne Klassische Musik noch habe, und stellte es zwischen unsere Kaffeetassen hin.

»Die Musik …« Ich beugte mich über den Tisch. »Also die Musik wird meistens nur noch als Zudienerin gebraucht für Vier-Minuten-Lieder oder für Filmbilder, sie drückt nur noch Stimmungen aus, und …«

»Sie brauchen sich nicht extra hinzubeugen.«

»Die Musik dient gerade noch zur Untermalung von Anlässen und Autofahrten. Dabei müsste sie für sich selbst stehen. Die Klassische Musik hat das früher noch geleistet, man fühlte sich als ganzer Mensch in ihr aufgehoben und von ihr abgebildet, aber sie meint heute nicht mehr den modernen Menschen, sondern selbstverständlich einen zwei-, dreihundert Jahre alten. Man findet in ihr möglicherweise etwas vom Unveränderlichen, Immergültigen, aber nichts über das Neue, über Wandel und Ausblick. Und was die gesellschaftliche Relevanz angeht …«

»Reicht schon.« Er drückte auf Stopp. Wir Musiker hätten es doch gut, fand er, während er zusammenpackte, wir könnten eine direkte Reaktion des Publikums erleben. Er dagegen bekomme nicht mal von seinem Redakteur eine Rückmeldung auf seine Artikel, die er übrigens im Stil von Hemingway schreibe, knapp, mit wenigen Adjektiven.

Der Artikel erschien einige Tage später in der Zeitung mit wenigen Adjektiven und um so viel verknappt, dass gerade nicht mehr verständlich war, worauf ich eigentlich hinauswollte, aber deutlich der Eindruck entstehen konnte, der diesjährige Musik-Preisträger sei ein undankbarer Nörgler.

Außer mir kamen eine Möbeldesignerin, ein Bildhauer und ein Lyriker zu Wort, wobei der Möbeldesignerin der meiste Platz überlassen war. Am Abend der Preisverleihung waren an den Seitenwänden der Fabrikhalle Möbelstücke und Skulpturen ausgestellt, der Lyriker las einige seiner Gedichte vor. Ein Mitglied des Kuratoriums würdigte in seiner Ansprache hauptsächlich die Architektur der fünfzig Jahre alten Halle. Abschließend wurde mein Stück »Arkanum« uraufgeführt.

Im Verlauf der Proben hatten sich die Streicher heillos zerstritten, die Harfenistin hatte nicht genug an ihren Noten herummeckern können, bei der Klarinettistin war zu der Zeit eine Verhärtung in der Brust festgestellt worden, und der Schlagzeuger hatte in seinen Pausen aus einer flachen silbernen Flasche getrunken.

Der Preis für eine geglückte Aufführung seien zermürbende Proben, lautet eine alte Faustregel. Mein Wunsch, nie wieder im Leben mit Musikern zu arbeiten, versprach für das Konzert demnach nur Gutes. Tatsächlich wurden das Ensemble und ich am Ende zwei Mal vor die großen Säuresilos herausgeklatscht. Nach der letzten Verbeugung umarmte ich die Klarinettistin und sah dabei meine Eltern im Publikum, wie sie sich zum Ausgang hin beeilten.

Meine Mutter winkte noch verstohlen, während mein Vater die Tür für sie aufhielt, nach Hause drängte, um sich in aller Ruhe in seinem Rauch- und Arbeitszimmer für mich zu freuen. Dabei wollte ich ihnen heute Abend Claire vorstellen und hatte mir ihre freudigen Gesichter und Gedanken schon ausgemalt.

Eine Frau aus dem Firmenvorstand fragte mich, wie lange ich an dem Stück gearbeitet hätte und wie ich auf die Idee dazu gekommen sei. Mitten in meine Antwort sagte sie: »Sehr schön, ich wünsche Ihnen alles Gute.« Der Mann, der die Ansprache gehalten hatte, fragte, ob ich aus einem musikalischen Elternhaus stammen würde. Ich erwiderte, meine Eltern würden gegen mein Beteuern, man müsse Musik nicht verstehen, sondern ihr bloß zuhören, geradezu hartnäckig darauf bestehen, von Musik rein gar nichts zu verstehen. Er nickte ernst und meinte, sein Gebiet sei eigentlich die Architektur.

Der Fotograf rief, nachdem sich alle Preisträger zum Gruppenbild versammelt hatten, man solle nicht so ein Beerdigungsgesicht schneiden, und zeigte auf mich. Der Lyriker bot mir eines seiner beiden Weißweingläser an mit der Bemerkung, die Kameralinse sei ein toter Fleck, also grinse man ins Tote und werde zum Ausgleich fotografisch verewigt, also unsterblich gemacht, die Naturvölker hätten das noch als Teufelshandel empfunden und damit für viele Lacher gesorgt, er aber lache nicht, er könne es vielmehr gut verstehen.

Ich hatte meine Musik in vielen Anläufen aufs Notenpapier geschafft, sie unter dem Wächterblick Samuel Hürbins in vernünftige, herkömmliche Formen gezwungen. Arkanum bedeutete »das Geheimnis« oder »das geheime Mittel«. Aber Claire war nicht gekommen und hatte es nicht gehört. Und die Menschen, die gekommen waren, nahmen sich ein Taxi und vom ganzen Preisverleihungsabend vielleicht den Gedanken mit nach Hause: So ein Sitzmöbel käme mir aber nicht in die Wohnung! Und zu Hause hockte ihr Leben auf der Schwelle, um sie in die alte Mangel zu nehmen, und das Wort »Arkanum« würde ihnen am nächsten Morgen schon nichts mehr sagen.

Der Taxifahrer schaute auf seinem Ausweisbild verständnislos und eingeschüchtert über den Schalthebelknauf. Die Hintertüren seines Wagens hatte er verriegelt, vorsichtshalber wohl, wegen der gehäuften Überfälle in letzter Zeit. So saß ich auf dem Beifahrerplatz und sah durch die fuchtelnden Scheibenwischer auf menschenleere Straßen und Plätze, deren Schaufenster für nichts und niemanden beleuchtet wurden. Blieb von seinen Taxifahrten etwas hängen im Gemüt und Gedächtnis der Menschen? Kam er auf die Idee, seine Fahrgäste seelisch aufrütteln zu wollen, ihnen etwas Selbstgemachtes in den Weg zu stellen? Ich fragte ihn, woher er stamme. Er sagte, aus Georgien, und erzählte von dem verlorenen Haus, von der Freundlichkeit der Schweizer, vom Herzfehler des Sohns. Von weitem sah ich ein schwaches Licht Claires Küchenfenster erhellen.

Claire stand im Türspalt wie ein Schatten.

»Bist du krank?«, fragte ich.

In der Küche sah es aus wie bei mir zu Hause, seit Jost nicht mehr da war und mich zum Putzen einspannte. Ich öffnete das Fenster, um frische Luft hereinzulassen, füllte Wasser in einen Topf, stellte ihn auf den Herd und suchte in allen Schränken nach einem Tee. »Hast du keinen Tee?«

Claire saß am Tisch mit gesenktem Kopf, als würde sie lesen. Ich setzte mich neben sie und streichelte ihr übers Haar. Sie flüsterte etwas, das ich nicht verstand.

»Ich bin ja da«, sagte ich leise. Claire schüttelte sich unter meinen Händen.

Als wir im Bett lagen, behielt ich meine Hand auf ihrer Schulter und sammelte im Geist meine Kräfte, um sie zu übertragen, wie die Handaufleger, die an der Schulmedizin vorbei ihre Heilungen bewirken. Mein Handteller begann wirklich zu kribbeln und wurde wärmer. Claire schlug die Decke zurück und ging aus dem Schlafzimmer. Ich wollte ihr erst folgen, blieb aber dann auf dem Bettrand sitzen. Nach einer Weile roch ich Zigarettenrauch.

Claire kauerte in der dunklen Küche auf einem Stuhl. Sie hatte ihre Beine angezogen und hielt sie mit den Armen umklammert, ihr Schattenriss sah wie ein Felsen aus. Ich ging langsam auf sie zu und traf mit dem Fuß etwas, das am Boden lag, nun durch die Küche schliff und klimpernd gegen ein Tischbein schlug. Ich kniete mich vor sie hin, legte eine Hand auf ihren Arm.

»Es ist vielleicht keine anerkannte Medizin, wenig verbreitet, und es gibt kaum verlässliche Studien, aber die Pille hilft sicher, sie trägt meinen Namen und ist aus meiner Liebe gedreht.«

Claire steckte sich eine neue Zigarette an, blies ein dünnes Rauchband durch die Lippen und zischte: »Du hast ja keine Ahnung.«

22

»Er wird Ihnen von den Finnen erzählen.« Schwester Sigrid hat neben meinem Bett Platz genommen. »Von den einunddreißig New Yorkern und dem Stubenhocken der Frauen.«

»Der Doktor?«

»Das haben Sie noch vor sich. Und danach dürfen Sie dann schlafen.«

»Vom Stubenhocken der Frauen hat er mir schon erzählt, und davon, wie absurd sich die Menschen verhalten.«

»Wenn unser Doktor ›absurd‹ sagt, meint er nicht die Menschen, sondern nur die Frauen.«

»Frauen, die Hungergefühle haben und dann extra nichts essen! Das trifft immerhin zur Hälfte meine Situation.«

Sie nimmt den Teller vom Tisch und hält ihn mir hin. »Ihr Abendbrot. Zuvor müssen Sie noch ein Kännchen Speichel füllen, und dann wäre wieder ein neues Formular fällig.« Sie reicht Plastikbecher und Kauscheibchen. »Über das absurde Verhalten der Männer schweigt sich der Doktor lieber aus. Forscht zum Wohl der Menschheit, erhält Preise und Subventionen, aber im Gärtchen zu Hause wächst kein Gras mehr. Männer entwerfen Kathedralen und bekommen Nobelpreise, aber holzen durchs Privatleben wie Paviane, nach außen ist E gleich mc Quadrat, aber nach innen herrschen Zufall und Chaos. Hier das Formular.«

Ich nehme Schreibunterlage und Stift und fange an, die Fragen auszufüllen.

»Später verziehe ich mich dann übrigens.«

»Wohin?«

»Nach Hause.« Sie steht auf. »Frauen sind depressionsanfälliger, weil sie sich emotional stärker mit der Welt verbinden. Männer erkennen eine Depression nicht mal, wenn sie selber eine haben, dafür bekommen sie Reizdärme und Erektionsprobleme, Unterleibsgeschichten natürlich.«

»Ich bin gerade bei der Rubrik *Stimmung* und schwanke zwischen *gedämpft* und *niedergeschlagen*.« Ich tippe mit dem Stift auf das Formular.

»Ich meine nicht Sie. Die Musik liegt schließlich hoch über allen konkreten Verhältnissen und Unterleibsbereichen, oder etwa nicht?« Sie nimmt Formular und Speichelbecher in eine Hand, bückt sich und schiebt den Aufsatz mit dem Alarmapparat näher ans Bett. »Da reichen Sie ja sonst nicht hin.«

Wir sassen auf der Bank am Fluss, auf der wir uns zum ersten Mal geküsst hatten. Der Himmel spannte sich grellbleich über die Stadt wie mitten im Winter. Raben flogen steile Kurven gegen den Wind. Kleine Atemwolken züngelten aus Claires Mund zum Wasser hin, das silbergrau und gleichmütig an uns vorüberfloss. Ich legte meinen Arm um ihre Schultern, schloss die Augen und hörte die Töne meiner preisgekrönten Musik heranfliegen, da und dort waren sie auf Halbfertiges, Misslungenes gestoßen, hatten Verstörung, Schattenbefall und Schrullen aufgeschnappt, in den Vordergründen über menschlichem Leid und Pech gekreist. Von den weit dahinter liegenden Wünschen, den tapferen Versuchen, den Rahmen der Möglichkeiten, dem ganzen Fürchten und Hoffen in den Zwischenräumen hatten sie nichts mitbekommen; keine Meldung von Größe, Schönheit oder Helle, keine Heilsgeschichten. War nicht die Luft in der Fabrikhalle am Ende rötlich wund geworden, von meiner Musik wie aufgeschürft? Es hatte doch gedauert, bis sich die ersten Tiere geduckt, mit vorsichtig gereckten Köpfen wieder an die Stelle zurückgetraut hatten; Rehe, Eulen, Falter.

Mein Schulterblatt fing an zu schmerzen und meine Hand fror an der Luft. Die Raben hockten sich auf die kahlen Äste der Kastanienbäume. Jost war davon überzeugt, dass Hitchcocks Drehbuchschreibern keine plausible Erklärung für die Vogelattacken eingefallen war, so hätten sie eben keine geliefert, stattdessen ein Rätsel ohne Lösung in die Filmwelt gesetzt, worauf Schlauberger einen Anflug von Ängsten vermutet hätten, aufgeschreckte Scharfschnäbel und Schwarzflügel aus dem Unterbewusstsein. Ich zog meinen Arm zurück und legte die Hand vorsichtig auf Claires Bein.

»Ich habe einen neuen Schüler, einen sechsjährigen Buben. Das Erste, was die Mutter zu mir sagte, war: You look like David Bowie! Ich gab ihr die Hand und trat an ihren spitzen Fünfziger-Jahre-Brüsten vorbei ins Wohnzimmer, wo hinter der Polstergruppe ein Blondschopf wimpelte, ihr Sohn hatte sich dort vor mir versteckt. Ich ließ ihn zunächst tiefe Töne spielen, Bär, Donner, und dann hohe, Vögelein. Bei den hohen fiel er vom Stuhl und donnerte mit dem Kopf gegen einen nahen Heizkörper. Ohne einen Laut rannte er aus der Stube, der Schreck hatte ihm vorsorglich die Luft abgestellt. Als er dann losbrüllte, ging ich ihm nach. Er hatte sein Gesicht fest in Mutters Pullover gedrückt, was die Brüste noch zuspitzte. Sie räumte ein, dass der Kleine sehr zappelig sei und eigentlich die ganze Zeit blute. Tatsächlich lief es ihm rot in einer kleinen Rinne durchs Haar.«

Claire erhob sich von der Bank und ging vor mir den schmalen Uferweg entlang. Ich hatte zu der Mutter »Maybe he has a …« gesagt und im Ernst nach dem englischen Wort für »Schilddrüsenüberfunktion« gesucht. Als der Regen stärker wurde, spannte ich meinen Schirm auf und hielt ihn über sie.

»Von deiner Bewegungsarbeit habe ich wenig verstanden«, rief ich ihr nach und trat versehentlich gegen ihre Ferse. »Entschuldigung. Nur so viel, es geht um die Möglichkeiten, die man zur Verfügung hat, und darum, die richtigen Entscheidungen zu treffen.«

Vor der Haustür nahm ich Claire in die Arme, streichelte ihr übers nasse Haar. Aus dem Apothekenschaufenster war der Fußpilz verschwunden, an seiner Stelle stand eine meterhohe Pappschnupfnase. Claire drehte sich aus meiner Umarmung und sagte: »Ich ertrage niemanden und bin nicht zu ertragen.«

Auf dem Heimweg versuchte ich, mir eine Lage auszumalen, in der ich dasselbe zu ihr sagen würde, kam aber auf keine. Sie ertrage niemanden; so zählte sie mich also zu den Niemanden.

Vor der Gassenküche umstanden die Obdachlosen einen Ambulanz-Wagen, als hätten sie ihn von außen noch gar nie so recht betrachtet. Ich bekam von der Küchenchefin ein Stück Marmorkuchen in die Hand gedrückt zusammen mit der Versicherung, wenn alle Anwohner so wären wie Jost und ich, dann hätten sie keine Probleme. Im selben Moment wurde einer der Stammgäste mit einer Sauerstoffmaske auf dem Gesicht von den kuchenkauenden Sanitätern aus dem Haus getragen.

Ich hätte Claire sagen sollen, dass sie es schon mir überlassen könne, was ich ertragen wolle und was nicht, und ob sie zu ertragen sei oder nicht, könne sie selber gar nicht wissen.

23

Der Doktor fährt eine mannshohe Stehlampe herein. Eine weiße Leinwand hängt seitlich herab wie ein Segel, er spannt sie auf, sinkt in die Knie und sucht auf allen vieren wahrscheinlich nach der Steckdose. »Langweilen Sie sich eigentlich nicht?«, ruft er. »Haben Sie nichts zum Lesen?« Er kommt wieder hoch und klopft sich die Hosenbeine ab. »Wie ich sehe, haben Sie ein Spiel gespielt. Ein Würfelspiel, nicht? Aber so ist auch das Leben. Gerade daran arbeiten wir, aus der Glückssache eine Wissenssache zu machen.«

Meine Blase hat sich zu einem Stein verkrampft. Ich habe schon versucht, zu ihr hinunterzuatmen, ihr einzureden, dass alles im Leben fließen müsse, dass der Schlüssel zur Unbeschwertheit nun einmal das Loslassen sei und die Hersteller bestimmt Erfahrungswerte haben und keine zu kleinen Urinflaschen anfertigen würden. »Sie halten das Leben für ein Würfelspiel?«, frage ich.

»Habe ich das gesagt?« Er hält die Hände hoch.

»Schwester Sigrid glaubt, dass die Gedanken einen Einfluss auf das Glück haben, einen Magneten bilden…«

»Schwester Sigrid«, seufzt er und lässt die Hände sinken, »Schwester Sigrid will ich nicht widersprechen, sie ist psychologisch bewandert. Jemand hat einmal gesagt, die Psychoanalyse ist der Turmbau zu Babel, aber ins Menscheninnere gebaut statt ins Äußere. Das finde ich wunderbar. Stellen Sie sich vor, Sie sind in ein Treibsandloch geraten und gehen langsam unter. Sie schlagen sich an den Kopf und sagen, oje ich bin vom Weg abgekommen, ich hätte dort hinten rechts abbiegen müssen oder einen anderen, positiveren Gedanken fassen sollen. Schön, nun wissen Sie, wie Sie in den Treibsand geraten sind, gratuliere. Aber trotz dieser Erkenntnis stecken Sie fest und versinken langsam. Sie sind Musiker, nicht wahr? Jetzt stellen Sie sich vor, Sie könnten die Noten wohl lesen, aber Ihr Gehirn würde die Schaltung zu den Fingern nicht mehr hinkriegen, Sie hätten doch das Gefühl, nicht mehr derselbe

Mensch zu sein. Stellen Sie sich vor, die Dunkelheit hier drinnen käme aus Ihnen selbst, dann gäbe es keinen Lichtschalter und keine Tür, durch die jemand zu Ihnen gelangen könnte, um über Ursachen zu sprechen. Die Depression erlaubt Ihnen gar nicht, sich mit irgendwelchen Ursachen auseinander zu setzen. Wenn Sie drinstecken, bemerken Sie nur, dass Sie am Versinken sind. Schauen Sie, wir spekulieren hier nicht herum, wir versuchen mit unserer Lichttherapie, gewisse Phasen zu synchronisieren, innere Uhren zu justieren, und wir rechnen zwei und zwei zusammen: Im Herbst kann man einen Anstieg der Depressionserkrankungen beobachten, deshalb reden wir von der ›saisonal abhängigen Depression‹, also liegt eine der Ursachen doch wohl im Mangel an Tageslicht. Ich kann mir vorstellen, dass man sich in der Zukunft amüsieren wird über die Art und Weise, wie wir heute psychische Defekte zu beheben versuchen. So wie wir uns heute wundern über die Menschen, die damals die Pest für eine Strafe Gottes hielten, dabei war es ein Bakterium, das von der Ratte zum Floh sprang und vom Floh zum Menschen.« Er lässt zwei Finger der rechten Hand zappelnd auf sein linkes Handgelenk springen. »Oh, es ist Zeit, Sie sollten jetzt schlafen! Wenn Sie noch mal müssen…« Er bückt sich unter das Bett. »Wo ist denn die Urinflasche?«

Ich tippe zwischen meine Beine.

»Ah so. Wenn irgend etwas ist, drücken Sie auf den Knopf.«

»Ich glaube, ich kann im Liegen nicht.«

»Und nun schlafen Sie gut.« Er öffnet die Tür und tritt in den Flur hinaus.

»Ich kann nicht in die Flasche machen im Liegen.«

»Ach ja?« Das Licht im Zimmer verlöscht. »Stellen Sie sich

einfach vor, Sie wären noch ein kleines Kind.« Er verbleibt eine Zeit lang im Türspalt. Kraushaar und Bart bilden die Silhouette eines Ziegenkopfes nach. Dann schließt er die Tür. Ich schließe die Augen, öffne sie, schließe und öffne sie wieder, die Dunkelheit bleibt sich gleich. Ein tiefes Brummen ist zu hören, ein fernes Rumoren, der Grundton aller Dunkelheit, dessen Schwingungen mein Bett umfangen und es mitnehmen in die Senken und Höhen, sodass mir bald flau im Magen wird.

24

»Ich bin ein alter Melancholiker.« Hilmar blätterte in seinem abgegriffenen Debussy-Band. »Ich weine oft und wünsche mir nicht selten eigene Kinder, die sich um mich kümmern könnten. Roger wird dann immer wütend auf mich.« Roger war die launische, zehn Jahre jüngere Lichtquelle in Hilmars Leben und mit unserem Unterricht so fest verschraubt wie die silbernen Kerzenhalter am Klavier. »Er findet, ich bin versteckt depressiv und was mir fehlt, ist mehr Licht, wegen dem Serotonin. Immer schnappt er bei den Neurobiologen solche Ausdrücke auf. Serotonin!« Er hatte sein Lieblingsstück aufgeschlagen, die erste Arabesque.

»Kein Pedalgeschmier, bitte, und rudere nicht mit den Armen!«, wies ich ihn an.

»Aber der Alfred Brendel macht auch so«, sagte er, trat aufs Pedal und legte los. Aus seinem Klavierspiel war seine Gemütslage leicht herauszuhören; bei Schiefstand klang es beseelt und anrührend.

»Wir haben zum Glück die Musik, um uns aufzufangen«,

resümierte ich in den stark verschmierten Schlussakkord. Hilmar schaute mich von der Seite an und lachte, als hätte ich einen Witz erzählt. »Du siehst aus, als könntest du auch mehr Licht vertragen. Wie der alte Goethe schon gesagt hat, auf dem Sterbebett: Mehr Licht.«

In seiner Wohnung glänzte viel Chrom und teures Leder, Staub gab es gar keinen, dafür hatte sich eine Verlorenheit in die Ecken, hinter Schränken und Sesseln auf die Lauer nach den alten Tagen des Bewohners gelegt, um ihn zu zerpflücken; eine Verlorenheit, die sich auf die Wohnungen älterer Homosexueller spezialisiert hatte.

»Und wie läuft es mit Roger?«, erkundigte ich mich.

»Die Neurobiologen haben eine Versuchsreihe mit einer neuen Art von Lichttherapie gestartet. Damit wollen sie das Gemüt aufhellen. Nach dem Motto: Die Depression ist eine Krankheit wie du und ich. Roger muss die Daten aus den Schlaflabors auswerten. Er nennt das: Erbsenzählen. Dabei ist das doch ein Traumjob, junge knackige Studenten, die allein in dunklen Zimmern liegen. Aber so was darf ich nicht sagen, sonst wird er wieder wütend. Schlaflabors hätten sie gar keine am Institut, behauptet er, die befänden sich im Kantonsspital, und dass ich ein Eifersuchtsproblem hätte.« Hilmar seufzte. »Aber wir haben ja zum Glück die Musik, um uns aufzufangen«, machte er mich nach und spielte noch einmal den Debussy, mit zu viel Pedal und rudernden Armen.

Zu Hause saß ich lange rat- und gehörlos über meinen »Holzwegen«. Der Regen tuschelte ruhig und beständig durchs schräg gestellte Fenster wie in Filmhintergründen. Ich wählte Claires Telefonnummer, nach der Ansage und dem Signalton fragte ich: »Wie geht es dir?« und hörte meinem Schweigen hinterher, wie es die Nachrichtenbox auffüllte, als könnte diese Fragen beantworten.

Einige Regentropfen trafen gegen die Scheibe wie von der Straße heraufgeworfen. Im Haus gegenüber lehnte sich eine Nonne aus dem Fenster und zog die Läden zu. Quirlig wie Backfische, aber baumfest im Stand, so kamen sie und ihre Mitschwestern mir immer vor. Einmal hatte sie nach meinem Gesprächsanfangssatz »Sie wohnen ja sehr schön« den Blick gesenkt und gemurmelt, es sei eben so, dass im Schwesternhaus kein Platz mehr für sie sei und nun müsse sie dort oben leben. Das hatte mich gewundert, dass sie lieber mit vielen und karg hätte wohnen wollen als in der hellen nagelneuen Dachwohnung für sich.

Es dämmerte, mein Gesicht begann sich im Fenster zu spiegeln und nach alter Gewohnheit zu höhnen, was ich denn wieder mutterseelenallein triebe in meinem Zimmer, während überall draußen die Vorfreude auf einen geselligen Abend herumging. Ich spitzte einige Bleistifte, schärfte an dem Krösen mein Ohr und schrieb: *Liebe Claire.*

Ich habe es oft hören können, dass die Musik aus schweren Herzen voller und schöner klingt. Wie kommt das? Das Herz des Spielers ist schwer von gekelterter Liebe, die er aus dunklen Gründen nicht ausschenken kann, nicht einmal an sich selbst. So fließt diese gestaute Liebe als Schwermut in die Musik. Und die Musik ist froh darum, denn ohne Schwermut fehlt ihr die Erdung, und ohne Erdung die Resonanz. Gleichfalls hat ein Mensch ohne Schwermutsanfälle keinen Klang, oder einen schrillen, läppischen. Die Schwermut verdunkelt auch Dein Antlitz und veredelt es zugleich. Es taucht eben jetzt vor meinen Augen aus dem Briefpapierweiß auf wie ein Wasserzeichen und ich schreibe Dir folgende Erinnerung auf die Stirn: Kleine Kerzen waren herum, die schwimmen gehen durften und sich schon da-

rauf freuten, die aber allesamt den Docht nicht halten konnten; wie wollten sie denn brennen, ihrer Bestimmung nachkommen, die das Vergehen ist, das Sichverzehren? Ohne aufgesteckten Flammenkelch steht ihre Zeit doch still, sie sind die aus dem Wachs gezogene Leidenschaft, können nur am inneren Feuerfaden entlang vom Dasein lassen – daher kommt ihr Zauberlicht, das alles im Umkreis verschönert: Sie verbrennen an sich. Wir haben ihnen den Docht festgemacht und sie der Reihe nach schwimmen lassen, so wie man Kindern die Schwimmflügelchen überzieht und mit einem Mutmach-Klapps ins Wasser hilft. Ist denn dein Lebensfaden lose? So will ich ihn mit meiner Liebe fest verlöten. Ich brenne auf gar nichts anderes.

25

Am nächsten Morgen schob ich den Brief unter Claires Tür durch und hielt mein Ohr neben den Spion. Ab und an war mir, als hörte ich von drinnen ein Rascheln oder Klopfen; möglich auch, es kam vom Fahrstuhl, der in Abständen durch die Stockwerke fuhr. Mit einem Knacken ging im Stiegenhaus das Licht an und eine Weile später wieder aus.

Da surrte es plötzlich länger und lauter im Schacht, die Kabine kam heraufgefahren. Die Tür öffnete sich, der Lichtschalter knackte, ich stand im Hellen wie ertappt. Eine Frau im Pelzmantel trat aus dem Lift, zog einen roten Rollkoffer hinter sich her. Vor ihrer Wohnungstür steckte sie die freie Hand in die Tasche ihres Mantels. Zweimal war ich mit ihr im Lift gefahren und ins Gespräch gekommen, beidesmal hatte sie von ihrem verstorbenen Mann erzählt, einem Teppichhändler mit eigenem Geschäft in dritter Generation. Die Sehnsucht nach ihm und die Schwere des Zurückbleibens hatten neben ihr gestanden wie zwei Geister, jung noch und schlagkräftig. Ich hatte mein Mitgefühl ausgesprochen und später von Claire erfahren, dass der Mann seit über fünfzehn Jahren schon tot war. Die Frau rührte sich nicht, als wäre ihr etwas Wichtiges in den Sinn gekommen, dann drehte sie sich um und rief: »Schönes Wochenende.«

»Ihnen auch, gleichfalls«, rief ich zurück und trat von Claires Tür weg, als hätte ich eben die Wohnung verlassen und zum Aufzug gehen wollen.

Wangen und Stirn glänzten im Fahrstuhlspiegel, mein Haar war fettig und zu lang, der Mantel hing schief wie bei den Trinkern im Quartier, und der Alkohol machte mit den Jahren aus Mündern genau solche dunklen furchigen Höhlen. Ich suchte die Geister, die mein Spiegelbild umstanden, aber die eigenen konnte man wohl nicht sehen; ich sah bloß, wie ich mein Schlüsselbein herunterzog, meinen Brustkorb zusammendrückte und den Kopf in den Nacken fallen ließ. Das alles fühlte sich normal an und vertraut, war aber doch theoretisch falsch. Aus dem Grund dürfe man seinem Körpergefühl nicht trauen, hatte Claire den Schluss gezogen, Gefühle im Allgemeinen seien oft die Kinder falscher Gewohnheiten und alter Bewegungsmuster.

Ich ging die Straße auf und ab wie ein Wächter und ließ die Menschen in Strömen passieren. Manche hatten den Schirm aufgespannt, obwohl es noch gar nicht regnete. Die meisten trugen Einkäufe mit sich, zwei oder drei gebauchte Taschen. Ihre Schritte und Stimmen klangen wie das Pfeifen, das Geschwirre und Gescharre von Fledermäusen. Im Apothekenladen gaben Verkäuferinnen vor braunen Regalwänden das Wechselgeld den Kunden in die Hand, möglichst ohne diese

Keimschleudern zu berühren. Ein Geiger strich das Ave Maria und die Ode an die Freude auf die Saiten. Nach ihm jonglierte einer mit Keulen und Bällen. Als immer mehr Leute den Geschicklichkeitshelden umstanden, gab ich die Wache auf. Am Fluss kräuselte ein kalter Wind das Wasser und fegte die letzten Blätter von den Ästen. Die Leute spazierten mit hochgezogenen Schultern und schmalen Augen. Eine Mutter blieb vor mir stehen und fragte: »Wann haben wir uns das letzte Mal gesehen?«

»Das muss in England gewesen sein«, scherzte ich. »Waren wir nicht zufällig im selben Sprachkurs?« Marion lachte. Den Sprachkurs habe sie völlig vergessen. »Mein Gott, Bournemouth«, rief sie und fasste sich an den Kopf, »das muss in einem anderen Leben gewesen sein.« Während wir uns unterhielten, sah mich eines ihrer Kinder mit bösen Augen an, das andere schlief im Kinderwagen.

»Stimmt es, dass Jost wieder in Berlin ist?«, fragte ich.

Sie nickte. »Ihr habt wohl zurzeit einige Probleme.«

»Hat er dir etwas erzählt?«

»Wir telefonieren manchmal.«

»Glaub ihm kein Wort!«

Marion lachte. Ich beugte mich zu dem Kind hinunter. Es sah mich kampflustig an. »Wie heisst er noch mal?«

»Jolanda.«

»Natürlich, Jolanda. Hallo Jolanda!« Das Mädchen begann, mit geballten Fäustchen um sich zu schlagen.

»Sie sieht aus wie du«, bemerkte ich.

»Findest du? Die meisten sagen, sie geht nach dem Vater.«

»Und wie geht es Bobby?«

Marion sah zum Fluss hin. »Wie immer«, sagte sie und krümmte sich in den Kinderwagen.

Im Hirscheneck nahm ich eine Zeitung vom Haken und las durch einen Kaffeetassenring hindurch *Seilhechtsprung* statt *Seligsprechung*. Ansonsten vergaß ich alles, was geschrieben stand, noch während des Lesens. Als Buben waren Jost und ich so unbeschadet und ohne Spuren zu hinterlassen durch die Maisfelder gezogen. Ebenso verstohlen hatten wir vor Jahren Marions Sachen in den Bus verladen, an den Gewehren und Pistolen vorbei, die an der Wohnzimmerwand gehangen hatten; vollzählig, hofften wir, da Bobby immerhin mit Mord und Amoklauf gedroht hatte. Während der Fahrt war Marion auf dem Rücksitz eingeschlafen, Jost hatte leise vorgerechnet, dass die Männer zwischen dem fünfzehnten und dreißigsten Lebensjahr so von den Frauen getäuscht und, wenn auch unabsichtlich, aufs Kreuz gelegt würden, von ihren Launen zerrupft und wie Fähnchen ans Stangenholz geschlagen, dass sich das später einfach für die Frauen rächen müsse. Ich hatte hin und wieder zur schlafenden Marion gesehen und gedacht: Das wäre dir mit mir nicht passiert.

»Noch einen Wunsch, der Herr?« Kurt brachte den Kaffee. Ich bat um ein Glas Wasser.

»Mit Zitronenschnitz oder ohne?«

»Ohne.«

»Also ohne!«

Ich wog die Kaffeeschale hin und her und mit ihr meine Lage. Einerseits konnte Claire mein Fehlen nun einmal schmecken und an der Stelle, wo ich nicht war, vielleicht mich selber schmecken. Andererseits hätte ich ihr durch mein unerschütterliches Dableiben für alle spätere Zeit ein Bild verschafft, auf dem sie sich selbst in Bedrängnis würde sehen können und gleich daneben nicht etwa niemanden, sondern mich. Solche Abzüge des Getragenseins waren für weibliche fotografische

Gedächtnisse doch von großer Bedeutung; mindestens hatte ich davon gelesen.

Im Wasserglas verbanden sich die Blasen zu kleinen Seilschaften, stiegen an die Oberfläche, zerplatzten oder reihten sich um den gelben Zitronenschnitz. Claire gab gerne eine Prise Salz dazu, um der Kohlensäure Dampf zu machen, dann hielt sie ihre Nasenspitze über den Glasrand.

»Wieso fragst du eigentlich jedes Mal, ob man einen Zitronenschnitz möchte oder nicht. Du tust ja sowieso einen rein, egal ob man ja oder sein sagt. Du tust immer einen rein.« Ich wollte die Zitronenscheibe in den Aschenbecher werfen, sie flog aber daneben und fiel vom Tisch. Kurt schaute lange zu Boden, auf den gelben Schnitz, als könnte der sich möglicherweise wieder aufrappeln.

Ich spielte Bach-Präludien und -Suitensätze, bis es Abend wurde, setzte mich an den Schreibtisch und spannte einen Bratschenklang weit über Schneebretter, Eisstürme und Gletschermoränen hin, ließ vereinzelt den Bogen hinter den Steg springen an Stellen, wo schlimme Erinnerungen eingefroren lagen wie Mammute, ich streute Englischhorntöne über die gestrichenen Flächen wie Brotstücke für den Heimweg und schrieb verschlüsselte, in sich verwickelte Figuren in die Marimbaphonstimme, an deren Anfang und Ende jeweils ein C stand.

26

Glockenschläge hoben mich aus dem seichten Schlaf, in dem ich bäuchlings, naseunter, gelegen hatte. Die Straßenleuchten glimmten ins Morgendunkel, schmale Wolkenstreifen ragten fern am Himmel wie auf den Kopf gestellte Zypressen, dort hinten regnete es schon. Ich drückte auf die Wiederholtaste und hörte in Claires Ansagestimme hinein wie in einen Orakelspruch, der mir etwas über mein Glück und die Leuchtkraft meines Geschicks sagen konnte, verstand aber kein Wort. Ich starrte lange aufs Telefon. Wo hatten die Menschen früher hingestarrt? – Zur Wegbiegung, zum Stadttor, zur Postkutschenstation?

Meine Kleider häuften sich wie kleine Maulwurfshügel am Boden, die Lampe an der Decke glich einem altmodischen Damenhut, gardinenweiß, mit Fransen; das war mir noch gar nie aufgefallen. Im Liegen betrachtet erschien die Wohnung großräumiger und eigenwilliger auch. Wer verliebt war, lag innerlich im Bett und sah aus einem kniehohen Blickwinkel zum geliebten Menschen auf, der großräumig und eigenwillig dastand, mit einem Stück Himmel als Hut versehen und langen Beinen zum Davonlaufen. Vielleicht zeigte diese Ansicht Von-unten gar kein Wunschbild, sondern den anderen in seiner wahren Größe, auf seinem eigentlichen Gipfel. Wie weit er bis dahin selbst noch zu steigen hatte, welche Felsabrisse oder Wetterumschläge stören würden, blieb allerdings verborgen, war höchstens an Einzelheiten abzulesen, und da verlas man sich noch.

Während ich mich rasierte, sah ich den Marimbaphonspieler mit wirbligen Schlegeln die Töne vom Englischhorn zur Bratsche reichen, die Oktaven rauf und runter spielen und so den Mittler bilden zwischen Bläser und Streicher, den Übersetzer, Verständiger. Der Bläser würde mit rhythmischen Klappengeräuschen antworten, der Streicher seinen Bogen mit der Holzseite nach unten über die Saiten führen. Das würde zum Titel »Holzwege« passen, dachte ich und ging aus dem Haus.

Der Wind wirbelte das Laub über die Straße und aus den Magenbomben nahe der Hauswand war das Gassenküche-Menü vom Vorabend noch herauszulesen. Alkoholiker streiften in Gruppen durch die Gegend wie Gnus, einer rüttelte an der mit mehreren Plakatschichten beklebten Tür des Hirschenecks, konnte sie aber nicht öffnen. Es war ja Sonntag, fiel mir ein. Deswegen läuteten auch die Kirchenglocken.

Als ich den Fuß ins düstere Schiff setzte, präludierte noch die Orgel; ein Tonwurm schlängelte die Emporensäulen herunter, über Steinboden und Holzbänke, bis ihn der Spieler oder die Spielerin an einer Stelle abschnitt. Wenige Menschen saßen vereinzelt in den Bankreihen. Der Priester war trotz grober Brille und glatt gescheiteltem Haar auffallend schön, dem Alter nach hätte er von allen der Sohn oder der Enkel sein können. Zwei Mädchen messdienerten mit unbeweglichen, ernsten Gesichtern, sie verströmten die Erfahrung und Fertigkeit alter Hasen im Geschäft. An der Seitenwand schnitt eine halbnackte männliche Figur ein Gesicht, als hörte sie eine zarte Musik. Beim zweiten Hinsehen merkte ich, es steckte ihr ein Pfeil im Schienbein, ein zweiter im Hals, ein dritter in der Nierengegend. Ein Lied wurde intoniert, die kleine Schar, von der hellen Stimme des jungen Priesters geführt, stimmte schütter ein.

Ich roch süßlich-bitteres Holz, Kerzenruß und alten Weihrauch. Wo ich nun einmal hier war, könnte ich auch ein Gebet sprechen, überlegte ich. Da knarrte es in den Bänken, die Leute summten »Und mit deinem Geiste« und erhoben sich zu einer Lesung aus dem Evangelium nach Markus. Anschließend setzte man sich wieder hin.

»Ob man über das Irdische hinaus glaubt, ist keine Frage des Glaubens, sondern des Wahrnehmens«, begann der Priester seine Predigt. »Die Wissenschaft nennt sich exakt und glaubt, auf Beweisen zu fußen, dabei darf sie, um die Exaktheit und die Beweise zu erhalten, auf keines der Wahrnehmungsorgane zurückgreifen, die den Menschen von einer Maschine unterscheiden. Sie muss beim Äugen durchs Okular ihrer Mikroskope jeweils ein Auge zukneifen. Dieses zugekniffene Auge aber schaut einwärts und könnte mit der Zeit und einiger Übung Dinge beobachten, die geschliffene Linsen und feinste Messgeräte nicht registrieren können. Gerade die Liebe ...«, der Priester machte eine Pause. Ich dachte, er hätte den Faden verloren, sah auf und merkte, dass er mich geradewegs anschaute. »Die Liebe ist ein Fenster, durch das jeder Mensch über die Schulzimmerdecke der Naturwissenschaften hinaus seinen Blick auf das Überirdische werfen kann.«

An wen hätte er sich gewendet, wäre ich nicht gekommen?, fragte ich mich. Die anderen schienen Stammgäste zu sein und damit nicht unter Verdacht zu stehen, der Naturwissenschaft alles zu glauben. Und welche Liebe konnte er als katholischer Geistlicher meinen? – Die zum Nächsten, der zufällig gerade um die Ecke bog, und zum Übernächsten weitersprang und dann zum Überübernächsten, die aufs Gramm aufgewogen sein sollte durch die Selbstliebe – den Nächsten wie sich selbst, so ging bekanntlich der Handel. Da war die Liebe zu einem bestimmten Menschen anders gewoben, verdrehter, fataler, aus Zündstoffen.

»Amen.« Der Kirchenmann setzte sich in den Chor wie ins Reine mit sich und seinem Gott. Während es von der Empore her noch knarrte und schnaubte, saß er auf seinem hölzernen Stuhl sicher angegurtet in seinen katholischen Glaubensmustern und behütet vor Frauengunst und -launen; so konnte er seine Liebe natürlich breit über alle streuen, so musste er sie nicht auf einen einzigen Menschen bündeln wie einen Laserstrahl, mit schädlichem oder heilendem Effekt, das war immer die Frage. Auch Claire liebte zuzeiten alle Menschen, dann kam es ihr abwegig vor, alle Liebe auf einen allein zu beschränken. Das hatte sie einmal gesagt.

Vielleicht gab es Grade an Menschenfreundlichkeit, wie schwarze Judogürtel, von denen ich viele Jahre des Trainings entfernt war, Stufen der Nächstenliebe, auf die ich kurz einen Blick werfen, aber meinen Fuß noch lange nicht stellen konnte.

Die Orgel spann den Tonwurm fort, nur leiser in der Registrierung. Eine Notenwurst, von der sonntäglich die Scheibchen abgeschnitten wurden. Die Töne umspielten eine Choralmelodie, wie Bienen ihre Königin umflogen. Harmonisch stand ein Stein noch auf dem andern und die Akkorde auf festem Fels. Die Töne wussten um Anfang und Ende, Herkunft und Zukunft, dass es eine Nabe und viele Speichen gab, Oben und Unten, Richtig und Falsch. Die alten, aus den modernen Komponierstuben verjagten Harmonien und Dreiklänge fanden in diesem Gotteshaus noch Zuflucht und Asyl. Hier wurde noch geglaubt, dass es einen Grundton gebe und eine Dominante, Dissonanzen und ihre Auflösungen, Hauptthema und Seitenthemen, einendes Metrum, Schlusskadenzen. »Unsere Kirchenlieder sind eigentlich Heimatlieder«, erklärte der Seelenhirte und sang zusammen mit der Gemeinde *Mein ganzes Herz erhebet sich*. Oder sang er *dich*?

Die Ministrantinnen trugen Brot und Wein zum Altar. Er streckte beides in die Luft, esset davon und trinket daraus. Als sich die Leute hinknieten, tat ich es ihnen nach und empfand deutlich, dass mir das Knien von allen Körperhaltungen zurzeit am besten entsprach. Während alle nach vorne gingen, um Brot und Wein zu empfangen, blieb ich kniend an meinem Platz und dachte, dass dies aber jetzt der Moment für ein Gebet sei. Andererseits reichte es vielleicht auch, ruhig dazusitzen und die Stille zu halten wie eine Kerze. Der Mensch war doch ein Hoffen und Bitten in zehn Strophen zu sieben Zeilen, wenn es hoch kam, waren es acht, und der Herrgott sollte die leicht lesen können, wenn er ein Auge auf den Kirchturm hielt wie an ein Mikroskop und auf die Bänke unten scharfstellte. Ich schloss die Augen, wollte mein Inneres offen legen, stellte mir aber dann bloß vor, wie Claire durch die Kirchentür hereinkommen, mich so kniend vorfinden und wie ihr das mitten durchs Herz schneiden würde.

27

Ich spielte einen Abschnitt aus dem *Verwachsenen Pfad* von Leoš Janáček vor, während meine Augen über die am Klavier baumelnden Herzen, Schlaufen und Miniaturgeschlechtsteile schweiften. Anschließend hühnerten Veranda Bielmanns Finger über die Tasten, blindlings vorbei an den von mir sorgfältig über die Noten geschriebenen Fingersätzen. »Ich weiß nicht, Fingersätze engen mich immer so ein«, plauderte sie beim Tee und zwinkerte mir über den Tassenrand zu. »Und ich lasse mich nun mal nicht gern einengen.« Ihre Augen waren alarmfarben geschminkt und hinter dicke Wimperngitter gesperrt wie zum Schutz gegen das Rohe, Männlichgemeine. »Apropos einengen«, sagte ich, »ich ziehe bald fort, aus der Stadt, und eigentlich ist dies unsere letzte Stunde.« Sie stellte die Tasse hin und griff sich mit der Hand an den Hals. Nach einer Weile fragte sie, wohin mich das Leben verschlagen würde. »Nach Berlin«, erfand ich. »Nach Bern?«, fragte sie nach. Ich stimmte zu, als könnte die kürzere Entfernung meine Lüge nachträglich etwas schmälern. »Ich freue mich für Sie«, sagte sie im Flur und wollte meine Hand lange nicht loslassen. »Wer so spielen kann wie Sie, der hat doch einen Schlüssel in der Hand zu so manchem Herz.« Ich gab ihr den Rat, bei ihrer Art des Klavierspiels zu bleiben, denn Fingersätze engten sie im Grunde genommen nur ein. Sie wünschte mir alles Glück auf Erden und viel Erfolg in Bern. Ich antwortete: »Es ist bloß Bern und nicht das Ende der Welt.«

Zwei Damenstiefel standen geknickt am Boden. Ich stellte meine Schuhe daneben. Rubalski saß vor dem Fenster auf einem Hocker. Er sprach zu einer Frau, die auf einem elastischen Ball saß und den Kopf neigte, als sei sie am Beten. Da schnellte er plötzlich hoch und lief auf mich zu. »Was wünschen Sie, bitte?« Er fasste mich am Oberarm und entschuldigte sich: »Ich habe Sie gar nicht erkannt. Es macht Ihnen doch nichts aus, ein wenig zu warten.« Er setzte sich auf seinen Hocker zurück wie in eine Fotografie, aus der er herausgelaufen war; die Frau hatte sich nicht bewegt, obwohl sie auf dem Gummiball saß. Dann aber griff sie sich in die Haare und sah rasch zu mir auf, mit verweinten Augen.

Ich zog mich ins Bad zurück, setzte mich auf den Klodeckel und legte mein Gesicht in die Hände. Mein Herz pochte in den Handballen, und längs meiner Arme und Beine verliefen Ameisenstraßen. Als ich Geräusche im Flur hörte, trat ich aus dem Bad heraus. Die Frau war zum Stiefelanziehen in die Knie gegangen. Als sie aufstand, flog eine Träne durch die Luft. »Möchten Sie einen Tee?«, fragte Rubalski aus der Küche.

»Ich bin eigentlich hier wegen Claire.« Die Wohnungstür knallte hinter mir ins Schloss.

»Und wie kann ich Ihnen helfen?« Rubalski hielt zwei Tassen in der Hand und lächelte.

»Sie haben sie auch nicht gesehen, die letzten Tage.«

»Machen Sie sich Sorgen?« Er stellte die Tassen auf den Tisch. Der Wasseraufkocher begann zu gurgeln. Rubalski deutete auf einen Stuhl. Auf den Tassen war Fernöstliches abgebildet, Schilfrohre, dünne Ruderboote auf einem Fluss.

»Claires Bruder ist ja auch vor Jahren spurlos verschwunden«, erwähnte ich.

»Wenn Sie das so nennen wollen.«

»Was?«

»Verschwinden.«

»Wie würden Sie es denn nennen?«, fragte ich.

»Sterben, Verscheiden, Entschlafen.« Er sah mich erstaunt an. »Davon reden Sie doch?«

Ich schüttelte den Kopf.

»Von Claires Bruder?«, fragte er.

»Ja, aber man weiß ja nicht, ob er tot ist.«

»Claires Bruder? Der mit dem Hirnschaden?«

»Hirnschaden?«

»Ja. Er war doch schwer behindert. Wussten Sie das nicht?«

Ich stieß mit dem Knie gegen den Tisch. »Jacques. Er hat Jacques geheißen.«

»Hören Sie, Sie sollten sich beruhigen. Sie sehen offen gesagt nicht besonders gut aus. Regulieren Sie Ihren Atem, und ich bereite uns einen Tee. Im Augenblick können wir nichts weiter tun. Man darf seine Handlungen und seine Gedanken nicht zu weit auseinander gehen lassen.« Er goss das Wasser aus dem Kocher in einen Krug. »Sie sind im Augenblick auf keiner Suche. Vergessen Sie nicht, Sie sitzen hier am Tisch. Stellen Sie sich ein Bild für etwas Ruhiges, Stilles vor. Und immer wenn sie ausgeatmet haben, erscheint dieses Bild wie hinter einem Vorhang hervor.«

»Ich möchte offen gesagt lieber wissen, ob Sie Claire nicht gesehen haben. Oder wann haben Sie sie zuletzt gesehen?«

»Ich kann Ihnen nicht weiterhelfen, es tut mir leid. Meine Schüler kommen hierher oder sie kommen nicht. Hier kümmern wir uns nur um den Augenblick und nur darum, was in den Augenblick gehört und was auf keinen Fall. Wir lernen, uns abzuwenden von den Dingen, oder aber uns den Dingen zuzuwenden. Das sind zwei verschiedene Prinzipien, die erst einmal voneinander zu trennen sind, dann erst kann man sie gebrauchen, im Handeln sowie im Denken.«

Leise Musik erklang von irgendwoher. Rubalskis Augen sprangen an die Zimmerdecke und wieder zu mir zurück. Seine Wohnung lag über dem Studio, das hatte ich am Klingelschild neben der Haustür abgelesen. »Sehen Sie, vor Ihnen steht die Tasse auf dem Tisch. Sie möchten daraus trinken. Also wenden Sie sich ab von Claire und Sie wenden sich dieser Tasse zu.« Ein Klavier war aus den leisen Tönen herauszuhören. »Wenn Sie das tun, so werden Sie eine Pause erfahren in der Angelegenheit, die Sie bekümmert. Diese Pause wird Sie stärken. Zusammen mit dem Tee erfahren Sie eine doppelte Stärkung. Nein, nein, warum strecken Sie den Kopf nach der Tasse?«

»Ich habe sie bloß angesehen.«

»Zum Sehen brauchen Sie nicht den Kopf, nur die Augen.« Ich griff nach der Tasse. »Warten Sie!« Er stand auf, legte eine Hand auf meine Schulter und berührte mit der anderen meine Stirn. »Um die Tasse zu nehmen, benötigen Sie nicht den Kopf und die Schulter nicht und das Becken auch nicht.« Die Hand glitt meinen Rücken hinunter. »Das alles aber haben Sie in Bewegung gebracht! Sie brauchen dafür nur Hand und Arm.« Er hielt meinen Arm an Schulter- und Handgelenk und führte ihn zur Tasse hin. »Sie müssen einmal darauf achten, wenn die Menschen nach etwas greifen, sehen sie aus, als wollten sie sich darauf werfen, sie setzen alle möglichen Körperteile in Bewegung, Muskeln, die sie dafür gar nicht brauchen. Und immer zuvorderst den Kopf. Daher kommen Müdigkeit und übrigens auch Erschöpfung und die meisten Nacken- oder Rückenschmerzen: zu viel unnötige Muskelkraft, die man gegen sich selbst verwendet, und zu wenig klare Pausen im Innern.«

Seine Berührungen ließen eine seltene Wärme und Leichtigkeit in mir zurück. Ich fragte mich, wie er auf Hirnschlag kam und schwerbehindert. Der Bruder war doch verschwunden, Claire auf dem Karussellpferd im Kreis gefahren.

»Der Tee schmeckt gut, sie sollten ihn probieren. Es ist Minze darin und Rosmarin.«

»Was wissen Sie sonst noch alles?«, fragte ich.

»Was meinen Sie mit sonst noch alles?«

»Von Claire, und von ihrem Bruder!«

Rubalski nippte an seinem Tee. »Claire hat keinen Sitz in sich.« Er stellte die Tasse vorsichtig auf den geflochtenen Untersatz. »Sie empfindet sich nur reflektiert in anderen Leuten. Deswegen ist sie ganz offen gegen jeden. Aber sie hat keinen Ausblick nach innen. Warum? Weil ihr dieses Innen nicht gefällt, weil es sie sogar bedroht, wie etwas Gefährliches, Unkontrollierbares. Sie besitzt einen starken Willen, aber den benutzt sie nicht zu ihrem Vorteil. Sie setzt ihn ein, um sich in Sicherheit zu bringen, vor sich selbst, dafür braucht sie ihre ganze Kraft. Sie wird darin stärker, Jahr für Jahr. Es ist wie ein Training. Aber vielleicht wird dieses Ereignis … also, ich meine, werden gewisse Ereignisse sie erschüttern, sodass sie näher zu sich heran findet.«

»Was für Ereignisse?«

»Wissen Sie, wirkliche Willensstärke ist etwas Seltenes. Die hat niemand einfach so, von allein, die muss man sich in langen Jahren und Kämpfen aneignen. Der Wille, den die meisten Menschen aufbringen können, der ist ungeformt, eine Art Rohwillen, der sich auf die banalsten Sachen richtet. Diese Art von Wollen wird leicht zu dem Joch, das den Menschen einzwängt und verbiegt. Trinken Sie keinen Tee?«

»Könnte Claire sich etwas antun?«

»Nun entspannen Sie sich. Und denken Sie daran, Entspannen heißt nicht, etwas Neues zu tun, sondern mit etwas Altem aufzuhören. Die meisten Leute tun irgendwelche Dinge, wenn sie sich entspannen, schütteln und schnaufen und strecken sich, statt aufzuhören mit etwas, tun sie noch mehr. Entspannen heißt aber schlicht, etwas nicht mehr zu tun.«

»Kann ich kurz telefonieren?«

»Bitte sehr.«

Nach dem Signalton sprach ich: »Ich bin hier bei Rubalski im Studio. Auf der Suche nach dir. Ich mache mir Sorgen.« Bevor ich auflegte, hörte ich eine Weile auf die leise Musik aus Rubalskis Wohnung und erkannte ein Lied von Elton John. Ich zog meine Schuhe an und bedankte mich für die Zeit, die ich ihm genommen hätte, und für den Tee. Rubalski stand im Türrahmen zur Küche und fragte: »Haben Sie sie erreicht?«

Ein kräftiger Wind legte die Regenfäden schief. In einem Schaufenster trat ein Mann in Anzug und Krawatte mehrfach auf die Fernsehbildschirme. Die Unerschütterlichkeit, die hinter seinen Brillengläsern hockte, kam mir bekannt vor. Ich hatte doch die gleiche Flagge vor Claire aufgezogen, mich zu einer Mannsschulter, einer Klagemauer versteift und mich später gewundert, dass Claire nicht klagte und keine Bittstreifen in die Steinritzen steckte und in ihrem Leid etwas anderes aufsuchte als meine Kühle.

An der Kasse des Supermarktes hatte ein alter Mann die Trauben nicht abgewogen, eine Frau schimpfte mit ihrem Kind. Alle Menschen im Laden starrten vor Hilfsbedürftigkeit. Jeder ergab einen Leuchtturm auf umstürmter kleiner Leuchtturminsel. Die Not war es, die erst ein Menschengesicht fertig zeichnete. Ohnenot hatte bloß Steilwand, Hangrinne und Firnfeld auf seiner Felsschulter sitzen, Ohnenot trug ein Kettenhemd überm Herz und einen Starkhuberhelm. Als eine zusätzliche Kasse geöffnet wurde, hieß es dann allerdings: Alt gegen Jung, Wägelchen gegen Schienbein, Körbchen in die Nieren; und die Letzten waren auf einmal die Ersten.

Neben dem Einkaufswagendepot hockte eine alte Frau und drückte auf ihrer Handorgel die zwei Akkorde, die sie konnte. Dafür hätte man Geld geben sollen! Ich gab ihr zwei Franken und schrumpfte nach wenigen Schritten zu einem Nadelkopf in meiner Brust zusammen. Meine Beine trugen mich zu den Orten, die mir etwas von meiner Liebe aufsagen konnten, zur Telefonzelle, zur Sitzbank am Fluss, zum Flügel im Schaufenster und vor Claires Haus, wo ich lange stand und zu den dunklen Fenstern hochsah, mit in den Nacken fallendem Kopf.

Vor dem Eingang zur Gassenküche wurde ich von zwei Polizisten in Zivil auf Drogen untersucht. »Der wohnt hier«, stand die Chefin mir bei. »Na und«, rief einer der beiden schlau.

In der Wohnung färbte die Leuchtanzeige meines Beantworters wie ein Martinslicht die Stubenwände rot. Ich setzte mich vor das Gerät und drückte die Play-Taste.

Es war Claire. Zum guten Glück! Sie war aus ihrer Versenkung heraus! Ihre Stimme klang gefasst und klar und hatte ihre alte Farbe wieder, als sie mir mitteilte, ihr Vater sei gestorben.

28

Aus den vielen Zimmern dieses Hauses versenden Bettlägerige ihr Signal: »Heim – heim – ich will heim!« Sorgenwolken steigen in Fieberschüben zur Decke hoch, ziehen durch die schwarzen Löcher in die Liftschächte und Flure und lassen alle Besucher finden, in Spitälern rieche es so komisch. Die Angehörigen und Freunde, die dem Hilferuf hergefolgt sind, sprechen leise und klopfen an die Türen wie an Spanische Wände, die umfallen könnten. Sie fragen, ob das Essen schmecke, und sitzen gerade, wenn eine Schwester ins Zimmer platzt, das Kissen unter dem steifen Nacken richtet, die Angstträume aus den Bezügen klopft oder das Sorgenbündel mit Tabletten oder Infusionen anhält, doch noch ein Weilchen am Leben festzuhalten.

In den unendlichen oder rasend schnellen Krankenhausnächten leiseln Schwestern durch die Flure, prüfen, ob alles in Ordnung ist. Sie sollten sich weiße Flügel aufschnallen, so glaubten sich die Halbschlafenden von Himmelsboten umsorgt und würden rascher heil werden oder friedvoller sterben, eins von beiden.

Und einer macht noch seine Runde, der hat die Heimheim-Rufe auch vernommen. Er tritt ans Krankenlager, beugt sich vor und fragt: Zu mir oder zu dir? Er grüßt die Schwestern, zwinkert den Doktoren vertraulich zu und ruft zum Chefarzt: Give me five! – Dann nimmt er sich fünf, zieht sie aus ihren Betten, dass deren Nächste zu Hause aufschrecken und später jedem erzählen, sie hätten es gespürt und genau gewusst: Jetzt ist der Tod eingetroffen. Der findet es aufmerksam, dass es Sammelstellen gibt und nach Alt- und Krankmensch getrennt wird, so muss er nicht mehr von Pontius zu Pilatus rennen. Wenn ihn die Langeweile befällt, kann er immer noch eine Spritztour zu einer Unfallstelle machen oder ein bisschen um die Häuser ziehen. Vor kurzem unternahm er einen Ausflug in den Geschäftswagen von Claires Vater, ergötzte sich ein Weilchen am quadratischen Charakter des Urs Treyer und fasste ihm schließlich ans Herz.

Sie wolle ihren Vater lieber lebendig und als den Alten in Erinnerung behalten. Ich nahm Claire in den Arm und beruhigte sie, ich könne das gut verstehen und würde die Blumen für sie hineinbringen. Die Vorhänge waren zugezogen, in der Ecke brannte eine Kerze und warf Frau Treyers Schatten auf das Bett, in dem ihr Mann lag. Sie drehte sich im Sitzen nach mir um und flüsterte: »Er ist schon ganz kalt.« Ich wickelte die Blumen aus, stellte sie in eine der bereitgestellten Vasen und überlegte, was ich sagen könnte, aber mir fiel nur Herzliches Beileid ein. So blieb ich schweigend hinter Frau Treyer stehen und sah auf den Leichnam herab. Um Schädel und Unterkiefer war ein Verband angelegt, die Augen und Lippen waren geschlossen und die Hände über dem Bauch gefaltet. Im wächsernen Gesicht lagen die Lebensalter übereinander, der Zwanzigjährige war darin so deutlich auszumachen wie der Sechzigjährige. Und zwischen den Schichten war Unheimliches eingelegt, das ausgelaufen war wie unter der Presse und wahrscheinlich die Kälte im Zimmer verursachte. Ich flüsterte, Claire sei draußen, sie habe hereinkommen wollen, aber es dann nicht gekonnt. Frau Treyer schneuzte sich und klagte, sie habe ihr ganzes Leben lang nur immer gegeben und gegeben, jetzt sitze sie alleine da.

29

Der Sarg lag in einem Wellenmeer aus Blumen. Die Menschen in den Bänken neigten ihre Köpfe scheinbar demutsvoll zur Seite; sie lasen, was auf den Kranzschleifen gedruckt stand: *Letzter Gruß*, *Adieu* oder *Lebe wohl.* Zwei Fahnenträger hatten Aufstellung genommen und schienen entschlossen, sich in Anlehnung an den Verstorbenen bis auf weiteres nicht mehr zu rühren. Ich saß neben Claire und kam mir in dem schwarzen Anzug und der mühsam geknüpften Krawatte verkleidet vor. Als es um die Salutschüsse gegangen war, die es während der Beisetzung im Heimatboden der Treyers bei Rümlang geben sollte oder besser nicht, hatte ich dauernd »Salatschüsseln« verstanden.

Der Heilige Martin war es gewesen, der seinen Mantel in zwei Hälften geschnitten hatte, um einem Bettler davon zu geben, und dieser Bettler hatte sich in der Nacht als der verkappte Christus herausgestellt. Die Kirche stand unter dem Patronat des Sankt Martin und war seit Jahren schon außer Betrieb; Gebete, Beichten, Fürbitten wurden keine mehr versendet. Offiziers- oder Professorentaufen fanden noch statt sowie gut abgehangene klassische Konzerte, die Akustik des

Raumes wurde weit herum gelobt. Es passte dazu, dass keine Orgel zum Eingang spielte, sondern ein Streichquartett, durch dessen Ave Verum von Mozart dann aber doch die Religion hereinguckte. Anstelle eines Geistlichen trat ein Bestattungsredner hinter das Lesepult. Der ältere, weißhaarige Herr beteuerte sein großes Mitgefühl und mochte seine ebensogroße Freude über die voll besetzte Kirche schlecht verhehlen; er nannte es ein »Auditorium maximum«. Seine Worte trugen einen respektablen Putz und mündeten gemessenen Schrittes in ein Gedicht. Wie jede Blüte welkt und jede Frucht. Ein Regierungsrat trat nach vorn, um Claires Vater von Seiten der Stadtregierung die Ehre zu erweisen. Der Politiker schnitt ein ernstes Gesicht und verstieg sich am Ende zu einer kurzen Betrachtung über das Leben und den Tod im Allgemeinen. Nach ihm wieder der Redner. Er sagte, Urs Treyer sei ein Hemdsärmelheraufkrempler gewesen, der sich in die maßgeblichen Kreise hochgeschuftet habe, wovon allein die sieben verschiedenen Todesanzeigen zeugten, zwei davon viertelseitengroß. Er wies darauf hin, dass wir alle ein Teil der Natur seien und Leben ohne Tod nun mal leider nicht möglich sei. Aber, schränkte er ein und streckte den Zeigefinger aus, Urs Treyer werde in unseren Herzen weiterleben. »Sie alle«, er schwang den Finger wie einen Zauberstab, »können ihn mit Ihrem Gedenken am Leben halten!« Nach einer stehend verbrachten Gedenkminute, die höchstens zwanzig Sekunden gedauert hatte, folgte ein Beethoven-Quartett, der langsame Satz.

Urs Treyer liebte seine Tochter und kreiste im feudalen Heim um seine Stärken und Schwächen, schürte die alten Vorwürfe gegen die Ehefrau und blieb ihr doch verbunden, als hätte einer den anderen zur Strafe oder als Prüfung aufbekommen. Er hätte die Koffer packen können, es gab Kranzschleifen-Worte für solche Fälle: *Adieu*, *Leb wohl* und *Letzter Gruß*. Aber ins Unglück waren scheinbar starke Transformatoren eingesetzt, die es als etwas anderes aussehen ließen, ins Glück wohl auch. Vielleicht stellte ein verlorenes Kind – wie immer es verloren gegangen sein mag – ein Vakuum zwischen den Eltern her, aus dem sich keiner mehr lösen konnte, nicht auf den anderen zu, noch von ihm weg. Bei unserer letzten Begegnung hatte er wieder die weiche Seite gegen Claire gedreht und die ruppige gegen mich. »Verträumte Ideale kennzeichnen den unreifen Menschen«, hatte er proklamiert und stolz darauf verwiesen, selbst kein Weltbild und keine Philosophie nötig zu haben. Ich hatte an ihm vorbeigeschaut und mir eingeschärft, dass er doch Claires Vater sei, immerhin Claires Vater. Unter dem hölzernen Auftritt hatte sein Herz womöglich das Bild des kleinen Jacques sorgfältig aufbewahrt und es am Ende nicht weiter tragen können.

Claire saß neben mir und rührte sich nicht, außer in den Fingern, die die ersten Umschläge mit Beileidskarten bogen. Ihre dunkelrot geschminkten Lippen streckten sich unter der Sonnenbrille zu einem Balken aus hartem Holz. Ich hätte, wie der Sankt Martin, mit einem Schwertstreich alle meine Kleider zerteilt, um sie zu wärmen, hätte meine Zuversicht aufgetrennt und gehälftet, um mit ihr zusammen zu frieren, hätte meine Unerschütterlichkeit gern gegen bittere Verzweiflung eingetauscht. Als sie mich vor der Kirche um ein Taschentuch bat, glaubte ich, die Trauer hätte sie nun doch überwältigt, und reichte ihr rasch ein Papiertaschentuch. Sie nahm es und putzte damit die Gläser ihrer Sonnenbrille, die von der Wangenküsserei fettige Tupfen bekommen hatten. An ihrer Seite beschloss ich die Reihe der engsten Angehörigen, nahm gemurmelte Beileidsbekundungen entgegen, schüttelte Hände und hörte nicht selten zwei Militärstiefelfersen gegeneinander schlagen. Die Frauen wirkten eine Spur bekümmerter und mitfühlender als die Männer, die eher einen zerstreuten Eindruck machten und wie auf der Reise nach Rom oder nach Jerusalem angespannt an uns vorbeidefilierten, von der Frage bedrängt, wen es als Nächsten erwischen würde, wessen Gattin als Nächste zur Witwenfront hinüberlaufen und für die Gattenasche als Pfand weitere zwanzig Lebensjahre erhalten würde.

Extrabusse standen bereit. Ich wollte Claire noch umarmen, konnte sie aber auf einmal nicht mehr finden. Die Schwester von Frau Treyer nahm mich beim Arm: »Sie fahren mit uns.« In dem geräumigen Wagen mit verdunkelten Scheiben durchsuchte der Schwager alle Fächer und Schubladen in seiner Reichweite. Frau Treyer saß mir gegenüber und sagte, Claire habe wegen der Überführung des Sarges und der Blumen noch zu tun und würde sich überhaupt wunderbar um alles kümmern. Sie behielt ihre Augen lange auf mir, als müsste sie eine Hoffnung oder eine stumme Beschwörungsformel auf mich übertragen, und das dauerte eben seine Zeit. Vom Rückwärtsfahren wurde mir flau im Magen.

»Die bauen hier auch schon seit Menschengedenken«, wetterte der Schwager, als wir vor einer Baustellenampel hielten. Ich dachte, typisch Mann, unsensibel bis zum Rand, und schaute bedauernd zu Frau Treyer und ihrer Schwester auf. Diese sah zum Fenster hinaus und antwortete: »Möchte nicht wissen, wie viel Geld die hier wieder verlochen.«

Im noblen Saal des Hotels »Drei Könige« trank ich ein Glas Weißwein und versuchte von Chopins Nocturnes begleitet herauszufinden, welche der Blätterteighappen mit Fleisch gefüllt waren und welche nicht. Die Chips zum Beispiel hatten

Rauchschinkengeschmack. Alle Leute plauderten und lachten zum Teil schallend.

»Ja, so ist das, das Leben geht weiter«, meinte der Schwager, während er sich Wein nachschenken ließ. Frau Treyer saß abseits in einem Stuhl, wie erschöpft nach einer tageslangen Reise. Hin und wieder wurde sie von jemandem angesprochen, einen Händedruck lang, als dürfte man sie nicht weiter stören. Ein Mal in Schwarz, das über die Weltgeschichte gespannte Bild der einsam zurückbleibenden Frau. Der Schwager sagte zu dem Buffetmädchen etwas, das er selbst sehr komisch fand, und präsentierte damit das Mal des mit Sprüchen von allen ernsten Lagen abspringenden Mannes. Es gab auch ein paar Kinder, die ihre von Chips und Erdnüssen öligen Finger an den Sonntagshosen und -röcken abputzten.

Als Claire eintraf, redete sie mit allen möglichen Leuten, außer mit ihrer Mutter und mir. Auf dem Nachhauseweg äußerte ich, dass die Musik schön gewesen sei und bis auf das Ave Verum gut gepasst habe. In ihrer Wohnung stand ich vor dem Badezimmer und schaute ihrem Spiegelbild zu, wie es sich mit Watte die Augenlider rieb. Ich fragte, ob ich am nächsten Tag mit nach Rümlang zur Erdbestattung kommen solle oder nicht. Claire träufelte eine blaue Flüssigkeit auf die Watte und schlug die Türe vor mir zu. Ich klopfte leise, rief sie beim Namen.

»Du kannst tun und lassen, was du willst«, schrie sie. »Du musst dich zu nichts gedrängt fühlen.«

Ich antwortete mit gedämpfter Stimme, dass ich nicht sicher sei, ob sie mich bei sich haben wolle oder ob ich ihr eher im Weg sei.

Sie rief: »Wenn du das nicht merkst!«

30

Ich muss nur meinen Mund aufmachen und röcheln, schon ist die Belegschaft auf den Beinen und am Rätseln. Ich bin die Nabe allen Geschehens, weil ich ganz aus Schwäche und Hingabe bestehe. Wenn jemand meine Hand hält, bin immer ich der Zudrückende, weil ich eine Einsicht habe, die alle Besucher mit Tapferkeit verwechseln; worin diese Einsicht besteht, kann ich mit Worten nicht ausdrücken, ich lächle stattdessen und singe mit den Augen: *Herr, schicke was du willst, ein Liebes oder Leides* in der Vertonung von Hugo Wolf.

In der Nacht starre ich zu meiner Todeszeit an die Zimmerdecke, sitze im Scheinwerferlicht auf einem Klavierstuhl, stocke mitten im Spiel, weiß nicht mehr weiter. Die schwarzweißen Tasten verzahnen sich zu einer Pforte, die Noten sind mir entfallen, die Fingersätze, die mir den Zugang eröffnen würden, habe ich vergessen. Aber den Zugang wohin? – So beginnt mein Lebensfilm mit einer Frage.

Ich versenke mich in meine Schwächen, öffne meine Augen für die guten Eigenschaften, die mir fehlen, und schlage meinen Lebenslauf an die Herztür einer Frau, mit der ich eines Tages ein Kind vom Himmel herunterbewegen möchte. Ich vergrabe mich in meinem Arbeitszimmer, höre auf die Klänge, die alles Lebendige durch Raum und Zeit tragen, alle Menschen und Bäume, Tiere und Felsen, Wolken und Gestirne. Und Samuel Hürbins Mahnung, was im Plan schon nicht stimme, könne später ausgeführt keinen stimmigen Eindruck hinterlassen, klopft mir wie ein Specht im Hinterkopf. Ich entwerfe Motive, die ich nicht mit Leben und Herzblut abbezahlt habe und deswegen umdrehen, spiegeln, vergrößern oder verkleinern kann. Vor jedem meiner Auftritte als Pianist möchte ich den Beruf gerne tauschen, mit dem Busfahrer, der Schuhverkäuferin, dem Friseur. An der Musikakademie werde ich zur Schumann-Schubert-Fraktion gezählt, die schwankende musikalische Böden bevorzugt und zum Sprung in Flüsse neigt, unter Pianisten auch die »Handgelenkschmerz-Gilde« genannt. Nach der Rückkehr aus einem Sprachkurs in Bournemouth, England, fasse ich mit Hilfe von Beethoven den Entschluss, Musiker zu werden. Die Liebe ist eine starke Kraft, warnt mein Vater, wenn er einen jungen Menschen im Rechen gehabt hat, und sieht mich scharf an, als müsste ich mich hüten. Ich bekomme eine gellende Stimme und die üblichen Kinderkrankheiten, mit jeder werfe ich einen Anker ins Erdreich. Bald kann ich wieder daran glauben, an Stellen im Haus, im Garten, am Fluss kleine Erdleutchen, Wasserwesen und Luftfeen bemerkt zu haben. Am Tag des ersten Atombombenversuchs der Volksrepublik China werde ich in die mitteleuropäische helvetische Platte hineingeboren, dorthin, wo die Liebe meiner Eltern zueinander durchgegangen ist, nun würde sie um mich herum verlaufen müssen.

So ende ich an meinem Beginn, als kleines Einschussloch im Materiegürtel, mit fragiler Schädeltektonik, dünnem Haar und verschlafenen Nieren. Meine Zellen reihen sich zum Zählappell, die Gebärmutter bricht wie ein Ostergrabgewölbe auseinander.

»Er ist schon weg«, höre ich eine Stimme aus dem Dunkeln flüstern. Also bin ich mir selber unähnlich geworden, schon aufgebrochen in die Herzen derer, die mich gekannt haben. Dort werde ich als Erinnerung heimlich hausen, schwarzwohnen, bis meine Wirte selbst sterben, einer nach dem anderen. Das hätte ich den Beerdigungsredner fragen sollen, der mit seinem Vortrag alle Anwesenden in kleine private Intensivstationen verwandelt hatte, ob dort das Ende seiner Trostfahnenstange sei.

Meine Hände liegen über dem Sonnengeflecht, ziegelsteinschwer. Vom Licht der Welt ist noch ein Glimmen in meiner Zirbeldrüse geblieben; es flackert an die vernagelten Augendeckel, die verleimten Lippen, in die Winkel der sterblichen Hülle. Ein gottverlassenes Lager mit schlaffen Zeltplanen, schneeüberwehtem Aluminium-Geschirr, zerschlagenen Petroleumlampen. Andere Leichname scheinen dagegen noch bewohnt, wie Biwake in der Nacht, und die Angehörigen können nicht glauben, dass ihr Lieber schon fort sei, und müssen das Gefühl mit nach Hause nehmen, er schlafe womöglich nur, sei vielleicht scheintot, es gebe ja solche Geschichten.

Jemand schneuzt sich die Nase, eine Frau klagt, sie habe über all die Jahre nur gegeben, gegeben und jetzt sitze sie alleine da. Ich klemme die Worte der Frau unters Mikroskop, prüfe, woraus sie bestehen, aus welchen Inhaltsstoffen und Eigenschaften, gelange zum Schluss, dass Tränen nur die Wangen derjenigen netzen, die sie weinen, und halte diese Erkenntnis im ersten Augenblick für einen bedeutsamen Fund.

»Man sieht richtig, dass er schon weg ist«, flüstert die Stimme wieder. Sie gehört Marion. Jost ist auch da. »Bestimmt haben die ihm etwas rausgeschnitten«, vermutet er und denkt für einmal an Organe und nicht an Filmszenen.

»Das dürfen die doch nicht, ohne Einwilligung«, empört sich Marion.

»Einwilligung? Dass ich nicht lache!« Jost lacht. »Barthaare und Fingernägel wachsen übrigens gar nicht weiter, wie das immer behauptet wird. Die Haut trocknet bloß aus und zieht sich zusammen, deshalb sieht es so aus, als würden die Stoppeln wachsen oder die Nägel.«

»Ich habe aber auch gehört, dass man die Toten noch rasieren müsste.«

»Ja, aber weil die Haut sich zusammenzieht.«

Die Menschen aus meinem Lebensumkreis treten an mein Bett und sehen fröstelnd auf mich herab oder sind von sich selbst überrascht, wie gelassen sie vor einem Toten bleiben können, wie gefasst. Andere wollen ein Bild von mir behalten, auf dem ich noch der alte, gesunde bin; aus dem Grund haben sie schon nicht ins Krankenhaus gefunden.

Am dritten Tag mache ich mich auf den Weg und schreite durch die Flure des Hauses vorbei an welchen, die noch im Schatten ihres alten Lebens verharren und aus diesem nicht hinaus können. Ich will ihnen etwas Wichtiges sagen, weiß aber nicht, wo anfangen. Ich bin erfüllt von den Dingen, die im Tod wie eine Schale von einem abfallen und dann die Schale für alles Künftige bilden. Ich begreife, dass sich die Selbstliebe und die Nächstenliebe in jedem Menschenherz die Waage halten müssen. Die Wände im Haus fangen an zu flimmern, werden durchsichtig, ich kann sehen, wie die Einzelbetten aus den Privatstationen in die Allgemeine Abteilung gefahren und die Spinde, voll mit Worten, Werken und Gedanken, geräumt werden. Die Patienten hören auf, es schwer mit sich und anderen zu haben, und glauben, vor Erleichterung zu schweben. Sie werden zu der Gemeinschaft der Toten gezählt, die riesig ist, freundlich und geschäftig. Diejenigen, die Einsicht in ihr Gestorbensein gewonnen haben, werden aus den Schatten herausgenommen und an den Platz geführt, an dem das Eigene auf sie wartet, sie umarmt, veredelt oder quält.

31

Ich springe auf meine Atemzüge auf, um von den Sterbensbildern wegzukommen. Noch bindet mich ein Silberfaden licht und unzerschnitten an meinen Körper, feste Kabel schnüren und behalten mich im Stockdunkeln unter dem Okular der Neurobiologen, meine Blase ist zum Platzen gefüllt, ich atme ein und aus und halte dazwischen still. In dieses Dreieck zäune ich meine Gedanken: ein und aus und Ruhe, ein und aus und Ruhe. Und in die Ruhe stelle ich ein Bild von schneebedeckten Berghängen, scharfgezogenen Baumgrenzen, Gipfelketten und, vor meine Blase hin, das Bild eines plätschernden, spritzenden, quirlenden Gletscherbaches oder vom rauschenden, schäumenden Meer, das dem Strandspazierer die Füße schleckt und den Sand unter den Sohlen abgräbt. Ein steter Wind kräuselt die Wellenrücken, als hätte jemand am anderen Ozeanende die Tür offen gelassen. Oder bläst der Fahrtwind der Erde auf ihrem Schleuderweg durchs All?

Ein Fischerboot knattert über die Glitzerallee der Sonne. Von fern her läuten Glocken, rufen die Witwen vor Ort zusammen zum Beten und Chorälesingen, krumm geschaffte, schwarz verhängte Rücken, die das Frauenlos, das Alleinezurückbleiben, kirchwegauf tragen.

Ein maultierbreiter Pfad windet sich um Friedhofshecken und knorrige Bäume, um gedrungene, dick bedachte Häuser, aus deren Fensteraugen und durch wildes Vorgartengebüsch mir die Bewohner ihre Blicke ins Gesicht werfen wie Bälle, die sie dann gleich wieder auffangen und hinter dem Rücken verstecken. In steilem Gelände komme ich ins Laufen, schneide die Kurven in Schräglage und sinke unter einer hohen Zypresse auf den nadelweichen Boden. Eine Möwe hängt wie ein

Kleiderbügel im Wind. Der Wind versalzt mir die Haare, führt Vogelschrei und Wellenschlag mit sich sowie Stimmfetzen der Badenden, die am Strand unten Schlösser aus Sand konstruieren und sich Bälle und leuchtfarbene Flugscheiben zuwerfen. Über ihre Sorglosigkeit hinweg grüßt mich das Meer, das selbst einsam ist, in sich verwickelt und verliebt in niemanden oder jeden, ähnlich einem Berg, der die Aufblicke und Andachten der Menschen auf sich versammelt und beste Freunde mit einem Steinbrocken voneinander trennt. Das Meer verschlingt da ein Schiff und lässt dort eines ziehen, es merkt es gar nicht, bleibt versunken in Gedanken an sich selbst, glänzt vor Abwesenheit. In Wahrheit ist jedes Schiff ein Gedanke des Meeres, und die Wellenreiter und Sonnenbadenden am Strand reiten auf ihren unerfüllten Wünschen und baden in ihren alten Vorstellungen.

Über den steilen Felsenklippen erhebt sich ein Tempel. Vor dem Eingang hinkt ein Wachhund die Stufen herauf, als wolle er schauen, ob er in seinem Alter die Treppe in der Stunde noch schaffe. Die Mauern sind aus festem Stein, aber unscharf, verschwommen, als habe sie jemand mit einem Klöppel angeschlagen.

Beim Eintritt muss jeder durch ein Aquariumglas auf eines der felsähnlichen, antennenbestückten Wesen deuten, das sogleich aus dem Wasser gezogen, in kochendes getaucht und später auf den Tisch serviert wird. Frau Treyer schießt mit ihrem Zeigefinger das größte ab und wartet am Tisch, seufzt und gähnt von Zeit zu Zeit, als sitze ihr Mann noch immer gegenüber und weile noch gar nicht am Strand unter den Badenden.

Ich halte Claire im Arm und strecke meine freie Hand ins Mondlicht, bilde lustige Schattenfiguren, Hundeschnauze, Hexengesicht, Seerosen, die in Wellen aufeinander zutreiben, eine Parkbank, auf der zwei sitzen, sich abwechselnd küssen und anstaunen. Ich frage sie, ob das Mondlicht eigentlich ein kaltes oder eher ein warmes Licht sei, und welches Ende ihre früheren Liebesgeschichten genommen hätten, ob es da einen roten Faden gebe. Sie erzählt von Augenblicken, in denen sie alle Menschen liebe und ihr die Liebe zu einem Einzigen abwegig und zwergenhaft vorkomme. Dann legt sie ihre Hand an die Tempelmauer und erklärt, das Vibrieren komme von all den Lebenszeichen, die in den Nächten hereingeträumt würden.

Ich sehe Melancholien durch die hohen Fenster hereinschwärmen, sie schlagen mit häutenen Flügeln und machen das Liedersingen, das Plaudern und Lachen von früher nach, um sich zu mehren. Claire sitzt am Klavier und bleibt an der immerselben Stelle ihres Stückes hängen. Ich setze mich in ihren Rücken und rate ihr, den Klang nicht über die Tasten herauszudrücken, sondern zum Heraustreten zu bewegen durch Offenherzigkeit, die Töne mit Herzenswärme und Liebe willkommen zu heißen und nicht ängstlich und verschlossen dem Instrument abzupressen. Sie müsse den Klang durch sich durchströmen lassen, sich dem Klavier anvertrauen wie einem besten Freund. Claire schließt ihre Augen, sammelt ihre Gedanken, beginnt zu spielen und bricht an der alten Stelle in Tränen aus. Sie beweint diese eine Stelle, als dürfte sie nicht austrocknen, als müsste dort einmal etwas keimen und wachsen.

Das Meer im Rücken nehme ich faustgroße Steine vom Boden auf, um sie in hohem Bogen wegzuwerfen. Als ich wieder einen auflese und fortschleudere, fängt die Erde an der Stelle, wo er gelegen hat, zu bluten an. Das Blut quillt immer stärker und höher. Die Reue über meinen Fehler will mich unter sich begraben. Da tritt ein Junge heran, der findet den

Stein nach kurzem Suchen, hebt ihn auf und legt ihn vorsichtig zurück. Verwundert blickt er zu mir auf und sagt: Ja weißt du denn nicht, dass dies das Herz der Welt ist!

32

»Gut geschlafen? Schauen Sie bitte in die Lampe.«

Eine unberührte, helle Stillematte.

»Sie können auch mal woanders hinschauen. Hauptsache, Sie behalten die Augen offen.«

Ein Steilhang aus Schneeleisem.

»Sie dürfen Ihre Augen jetzt nicht mehr schließen.«

Ich haue Steigeisen und Pickel ins Eis und behalte die Berghütte fest im Blick, die wie ein Nadelkopf am oberen Rand des weiten Schneefeldes steckt. Ein eisiger Wind rüttelt an Mauern und Dach. Etwas Schweres springt von den Gipfeln auf mein Brustbein, will mich unter den Holztisch drücken, an dem wir mit Ohrensausen und heißen Stirnen sitzen, ein Würfelspiel spielen und die guten Eigenschaften des anderen ins Hüttenbuch eintragen. Früh am nächsten Morgen beuge ich mich aus dem Fenster, um die Läden hinter dem Knauf in der Wand festzuklemmen. Kirchglocken bimmeln vom Tal herauf, eine garstige Kälte verteilt Ohrfeigen an Menschen und Tiere. Die Sonne hat das Aufklappen der Fensterläden abgewartet, wirft sich ins Zimmer und meinen Schatten auf das Bett, in dem Claire noch schlafend liegt. Der Schnee glitzert im frühen Licht, weil er schmelzen muss, denke ich und lege meine Fürbitte zur Stütze an Claires schlafwarmen Rücken: Du sollst über diesen Schnee hinweggleiten wie über deine

Dämonen und Plagegeister, weil ich mich als ein Schlitten dazwischenlege und alle Schürfwunden in Kauf nehme, aber jetzt mach ich uns erst mal einen Kaffee.

Es ist ein stechender Schmerz, der keine spitze Klinge mehr führt, er ist schon zu abgekämpft. Mit einer Art Spachtel zum Schaben treibt er mir den Schweiß aus Händen und Stirn und das Bild meiner Blase vor die Augen, die an einer Schwachstelle reißt und ausläuft.

Die Leinwand hellt sich auf. Oder bilde ich mir das ein? Ein Gewimmel kleiner Lichtbakterien, die sich aalen und aneinander reiben oder wie Zellen aufzweien und mehren, ein Lichtstock, umrahmt von einer dünnen Leiste aus Stockfinsterem. Und dahinter, im Unscharfen, die unzählbaren Löcher, wie negative Sterne, Saugdüsen, Akkordeonknöpfe.

»Wir imitieren sozusagen den Sonnenaufgang«, sagt die Stimme des Doktors.

Ich halte an einem der Löcher fest, präge es mir ein und springe über die Reihen zu einem anderen hin.

»Den schönsten Sonnenaufgang habe ich auf Lesbos erlebt, der war postkartenreif.«

Ich versuche, die beiden zu verbinden, zwei kleine Löcher im Stofflichen, zwei Aussparungen in der Materie, zwei Mulden, in denen sich der Geist ansammeln kann, zwei Seelenhülsen, die sich lieben und die Hoffnung haben, würdig zu sein, dass der Schöpfergott eingehe unter ihr Dach.

»Ich bin mit meinem Mountain-Bike über die ganze Insel gebeikt.«

Der Allstanzer, der all die Löcher auseinander hält und jedem seine Taten und Gedanken zuschreibt, der die Kontinentalplatten umgreift und seine fröhlichen oder grausigen Lieder spielt, indem er abwechselnd die Knöpfe drückt.

»Überall Olivenbäume, und einen Olymp hat es dort auch. Das zieht steil in die Höhe, da kommen Sie schön ins Schwitzen.«

Die Wände in der Schalt- und Waltzentrale sind verkleidet mit solchen Lochplatten, so können die Helferscharen den Überblick behalten: Aus einem Loch blinkt es rot, da verletzt gerade jemand ein Freundschaftsgebot, aus einem andern golden, da vollbringt eine andere Gutes, indem sie alle Menschen auf einen Streich liebt, und eine sterbliche Hülle wird eben dort abgestreift, woher ein feines Wölkchen pufft.

»Wenn Sie unregelmäßig Sport betreiben, was weiß ich, einmal in der Woche, dann tun Sie sich keinen Gefallen. Sie überschwemmen Ihren Körper mit freien Radikalen, die kommen mit dem Sauerstoff. Die greifen Sie von innen an, Billionen pro Tag, in jeder Zelle, wann immer Sauerstoff im Spiel ist.«

Mit aller Sehkraft halte ich an den zwei Löchern fest, springe vom einen zum andern, übermittle Treueschwüre und Zungenküsse, verrutsche, treffe daneben und wieder daneben. Schon kann ich eines der beiden von den anderen nicht mehr unterscheiden. Bald verliere ich auch das zweite aus den Augen.

»Wussten Sie, dass die Griechen nicken, wenn sie nein meinen? Und wenn sie winken, meint man, sie wollen einen verscheuchen.«

Es müssen hinter den Platten verborgene Kabelungen verlaufen, Verbindungen unter den Löchern, die Sehschwächen und Stromausfälle überdauern und weiter senden, sich anziehen und abstoßen, oder nach Kurzschlüssen alle Vermittlung einstellen. Das Ferment dieser Kontakte ist eher nicht die Liebe, denn die ist ein Gas und flüchtet.

»Das wär's. Sie dürfen jetzt aufstehen.«

Ein bläuliches Licht flimmert über meinem Kopf. Die Leinwand flappt wie ein Segel. Meine Blase hat das Wort »aufstehen« als Erste vernommen und will jetzt plötzlich, jetzt auf der Stelle loslegen. Ich rupfe die Kabel ab, eins nach dem andern, kräftig und schnell, so tut es weniger weh. Dann springe ich auf die Füße, ziehe das Thermometer heraus.

»Die Dusche ist gleich da vorne, dritte Tür links.« Der Doktor reicht mir ein Handtuch. »Danach dürfen Sie frühstücken.« Barfuß, in Unterhemd und -hose, tippele ich über den kalten Boden des Flurs zur dritten Tür links.

Das Duschwasser kreiselt in den Abfluss. Die aufgeschmirgelten Hautstellen erinnern an Folterspurenbilder, die in Fußgängerzonen vor Spendenkassen ausgestellt sind. Zurück in meiner Zelle steige ich vorsichtig in die Kleider. Die Kabel hängen über den Bettrahmen und züngeln ins Leere, die Urinflasche liegt sauber und leer in einer Falte des Leintuchs beschlossen. Im bleichen Neonlicht rücken die Wände noch enger zusammen. Ich setze mich an den Tisch, nehme eines der Formulare und schreibe auf die Rückseite: *Liebe Claire.*

Die Blätter fallen von den Bäumen, Herbstwinde bringen Regen, rütteln an Fensterläden und am Bild, das man von sich selber hat. Vergangenes rinnt wie aus lecken Eimern, schwemmt alte Verletzungen und Unglücke über Dächer und Wege. Flüsse und Bäche treten über die Ufer wie böse Erinnerungen. Und die Zukunft verdunkelt die Tage im Gespann mit der Angst, alles würde sich niemals ändern. Tage wie Kinosäle, in denen das Licht herunter- und die Heizung aufgedreht wird und jeder für sich im Düstern sitzt, nach vorne auf die Leinwand starrt. Ich sehe den Rümlanger Wolkenhimmel, den Sarg Deines Vaters, der in die Erde – es heißt: »Heimaterde« – abgesenkt wird, und sehe Dich, wie Du beherrscht und freundlich zu allen Menschen sprichst und Sorge wie eine Spende zu jedem hinträgst, der angeschlagen scheint. Wir fahren im noblen Auto Deines Vaters heimwärts, Du hast das Radio eingeschaltet, biegst in die Straße, in der ich wohne, und hältst den Wagen an. Du sagst, Du brauchst jetzt Distanz, um zu Dir selbst zu finden. Ich antworte, ich könne das nicht verstehen, und steige aus.

Wo findet man sich selbst? In der Menschenferne? Liegt jeder in der Einsamkeit begraben und braucht nur hinzugehen und sich freizuschaufeln? –

Ich sehe einen Fluss aus Schwärze, in dem alle Erinnerungen an Freude und Licht, Sorge und Leid versinken, darüber schaukeln in Booten Fragen. Du besteigst eines der Boote, Dein Haar verwebt sich mit dem Nachthimmel. Die Nacht besteht aus der Unbegreifbarkeit und Ferne, sie ist der Hohlweg ins Nichts oder aber der Einlass in die Heimaterde aller Menschen. Ich sehe mich selbst, wie ich ein Boot besteige, um Dir ein Stück weit nachzufahren, schürfe mir an den Planken die Haut, friere wie der Sankt Martin, und alle Fragen sind mir auf einmal ausgegangen, bis auf eine: Geht es dir gut?

Der Doktor kommt mit einem Tablett herein. Ich schneide ein Brötchen auf, bestreiche es mit Butter und Marmelade, kaue, schlürfe den Kaffee, würge die Bissen hinunter und bücke mich, als mir die Tränen kommen, unter den Tisch, als wäre mir etwas hinuntergefallen.

»Sie dürfen anschließend für eine halbe Stunde an die frische Luft, aber nur mit der da.« Ich schaue hoch. Der Doktor hält die Sonnenbrille in der Hand.

»Sie haben aber noch meine Uhr.«

»Na, so ungefähr eine halbe Stunde, das kommt nicht so drauf an.« Als er weg ist, setze ich mich auf. Ein Bügel der Sonnenbrille steckt im Marmeladeschälchen.

Der Raureif wird es sein, der alles ringsum aufhellt, die Ziegeldächer und Baumäste. In der Nähe tost der Fluss. Ich nehme die Sonnenbrille ab. Das Tosen kommt von der Straße. Ein Taxifahrer hat die Zeitung wie eine Tischdecke übers Steuerrad gelegt. Kinder hüpfen zur Schule mit bunten Ranzen, in die sie halb hineinpassen.

»Was tun Sie denn hier draußen? Und wieder einmal die Sonnenbrille nicht auf?« Schwester Sigrids Stimme ist von der Nacht noch rau. »Sie können gleich mit mir kommen.« Sie will mich am Arm packen. Ich schüttle sie ab.

»Aber Sie müssten schon wieder im Zimmer liegen!«, ruft sie.

»Ich komme gleich nach.«

»Na, wie Sie wollen.« Sie verschwindet durch die Schiebetür. Ich drehe mich um und gehe zu den Fahrradunterständen, suche meines heraus. Der Sattel ist feucht und der Lenker eisig kalt. Nach einigen Pedaltritten fängt das Stechen in meinem Brustbein wieder an. Ich fahre zu Claires Wohnung, werfe den Brief ein und schaue zu den Fenstern hoch. Zu Hause wartet meine Musik auf mich, denke ich, groß in ihrer Milde und Menschennähe, ich brauche mich nur vor sie hinzusetzen und sie abzuschreiben.

33

In der Cafeteria der Musikhochschule sitzen die von der Alten Musik mit wilden Bärten, weiten Röcken und unhandlichen Instrumentenkoffern, sprechen spanisch oder holländisch und trinken den Kaffee, der immer nach der einen

Knopfdruck entfernten Hühnerbouillon schmeckt. Von ringsher prasseln Fingerspitzen auf die Tischkanten, aus halb geöffneten Mündern werden Melodiebögen gezischt oder gepfiffen, die Eiligen wie die Langsamen zeigen ein leises Federn in den Fersen, und der Getränkeautomat gurgelt im Takt. Mozart sei im Grunde ein Melancholiker, meint jemand. Wenn sie so mache, dann spüre sie nichts, verrät eine andere.

Samuel Hürbin kratzt sich am Kopf und wirft einige Namen von Vorgängern wie Bremsklötze vor meinen Elan, Monteverdi, Gluck, Strawinsky. Es werde bloß eine Kammeroper, beschwichtige ich. Drei kurze Akte, Instrumentierung auf kleiner Flamme, und es kämen nicht mehr als vier Figuren vor: Orpheus, Eurydike, der Herr der Schatten und seine Frau. Er fragt, wie ich mir die Musik des Orpheus überhaupt vorstelle. Ich erkläre, es würde durchgehend Musik erklingen, außer wenn Orpheus spiele, dann würde Stille herrschen, so würde man das Fehlen der Musik einmal schmecken können, und an der Stelle, wo sie nicht sei, vielleicht sie selber schmecken.

Jost hat die Arbeit an seinem Stummfilm über Musik aufgegeben, stattdessen mit seinem Entwurf zu einem Spielfilm das unklare Interesse zweier Berliner Produzenten, oder was sie denn waren, auf sich gezogen. Ein Tierfilmer, so die Geschichte, mag sich für seine englische Fernsehanstalt nicht mehr wochenlang in tropischen Wäldern auf die Lauer legen. Er schneidet Nahaufnahmen wilder Tiere aus Zoologischen Gärten und Naturreservaten in seine Dschungelhalbtotalen, wird als Ehrengast in eine Fernsehsendung geladen und dort als Betrüger entlarvt. Ruiniert an Namen und Möglichkeiten kommt er auf die Idee, statt Tiere in freier oder unfreier Wildbahn Liebespaare in Städten und Dörfern aufzuspüren und zu filmen. Er hält seine Kamera wissenschaftlich kühl auf lädierte Zweierkisten, filmt Paare, die an Restaurantstühlen, Frühstücksbuffets oder Parkbänken hängen geblieben sind wie Luftballonschrumpel, an denen noch die Grußkarte an die weite Welt baumelt. Er stellt eine DVD-Reihe zusammen: *Abgelöschte Liebespaare – zur Aufmunterung Unglücklichverliebter*, und macht damit ein Vermögen. Nebenher verliebt er sich in eine Meeresbiologin und anerkannte Expertin für Wasserschildkröten.

Er habe sich in jeden Tag und jede Nacht hineinkrümmen müssen, gesteht Jost. Er habe sich die glücklichen Momente mit ihr einzeln aus dem Kopf schlagen müssen, aber es sei derselbe Himmel über allem, wie könne man darunter weglaufen? Immerhin habe er in Berlin so viele schöne Frauen gesehen, dass es ihm plötzlich hirnrissig vorgekommen sei, sich von einer einzigen das Herz abwürgen zu lassen. Dass Claire auch mich bald abservieren würde, habe er schon gewusst. Sein Trost sei nun, dass sie niemanden habe, nur sich selbst und ihre Beziehungsunfähigkeit, während wir beide immerhin Kurt hätten.

Kurt schafft zwei neue Biergläser auf den Tisch und lässt mich wissen, sie hätten frische Zitronenschnitze hereinbekommen, die lägen gut in der Hand und seien ideal zum Bewerfen von Unbeteiligten und Unschuldigen. Vor dem Fenster hat sich eine Heilsarmee-Kapelle formiert und beginnt, einen Weihnachtschoral zu spielen.

Die Schwermut ist die Schlange, die sich allem Glück an die Fersen heftet. Sie hat Eurydikes Fluchtspuren im Boden auf ihren Plänen verzeichnet und ihre Dämonen in Stellung gebracht. Es fehlen nur noch Orpheus' Zugaben, seine Liebe und Zuversicht, damit sich die Beute auch lohnt. Eurydike wird in die Ferse gebissen und an den Ort der Schatten hinverschlagen. Orpheus besingt das Erdenschwere, das den Menschen auf die Brustbeine springt, das Heillose, das unter ihnen verkehrt. Er verknüpft seine Tonfolgen zum Kletterstrick, seilt sich ab in die Unterwelt und rührt dort mit seiner Ahnungslosigkeit den Herrn der Schatten. Dieser hat selbst von allem, was sich außerhalb seines Reichs befindet, wenig Ahnung, er kann sein Auge gerade in die Oberwelt werfen, wenn die Menschen dort fluchend seinen Namen aussprechen, also ein Schimpfwort lang. Nun vernimmt er die Töne, die ihn und seine Welt besingen, sich ans Freud- und Lichtlose halten; da wird er mild und etwas wehmütig auch. Er lässt Eurydike holen und Orpheus mit der Auflage, sich unterwegs nicht nach ihr umzusehen, aus dem Schattenreich vorangehen. Die Dankbarkeit des Orpheus ist die komische Pointe des Stückes, weiß doch der Herr der Schatten vom Schenken nichts. Er hat den Vorausblick und kennt die Folgen deshalb gut: Orpheus wird Eurydikes Nähe beim Aufstieg hinter sich verspüren und das Leuchten des Tages vor sich schauen, er wird die Schatten in ihr wirken sehen und ihr Gestorbensein für dieses Leben begreifen, er wird stehen bleiben und sich mit Absicht nach ihr umdrehen.

Lichtgirlanden sind über die Straßen gespannt, in den Schaufenstern glitzern Baumkugeln und Gipsengel. Ob ich einmal den Spiegelschrank über Claires Waschbecken aufgeklappt hätte, fragt Jost. Außer den üblichen Unmengen von Dosen, Tuben, Fläschchen, Stiften und Pinseln hätten da Tabletten gelegen. Ob ich mir die einmal angesehen hätte. Die würden gegen Traurigkeit, Erschöpfung, Angst, Wertlosigkeits- und Schuldgefühle helfen. In dieser Reihenfolge habe das auf der Packung gestanden, das habe er sich gemerkt, weil er sich vorgekommen sei wie in einem Science-Fiction-Film, Tabletten gegen Schuldgefühle! Und dieser Schrank voller Schminksachen lasse ihn jetzt im Rückblick an eine Außerirdische denken, die sich jeden Morgen ein Menschengesicht erst habe aufmalen müssen.

Sisyphos könnte eine Nebenfigur abgeben und im Bühnenhintergrund für Humor sorgen. In Schweiß gebadet, Felsstein auf der Schulter, Staubwolke über dem Kopf, rollt ihm die Last kurz vor dem Gipfel über den Rücken, wieder und wieder zu Tal. Er ist einer der raren Bestraften in der Unterwelt. Alle anderen Figuren sitzen keine Strafe ab, arbeiten, essen und sprechen wie zu Lebzeiten, aber ohne Freude. Sie repetieren sich selbst, aber wie Schatten. Sie fragen nach nichts, alles sagt ihnen nichts. Sie haben noch nicht verstanden, dass sie Schatten sind und eines Tages erlöst werden müssen.

An der Dachrinne über der Gassenküche hängt ein Weihnachtsmann. Die Fenster sind mit künstlichem Frost besprüht, die Tische mit Tannenzweigen, Strohsternen und Nüssen belegt. Obdachlose und Drogenabhängige sitzen eng beieinander, essen mit hängenden Köpfen. Ihr kriegt auch welche, ruft die Küchenchefin und reicht Jost und mir je ein Lebkuchenherz.

Orpheus sitzt auf einer Lichtung und bezwingt mit seiner Klagemusik die Tiere des Waldes, scheucht Bäume und Felsen auf. Bald wird er von Eurydikes alten Vorwürfen umstellt: Er habe sich nach einem Wunschbild gestreckt, ohne sich um die

Voraussetzungen zu kümmern, was dasselbe sei, als wolle er die Leute begeistern mit einer Musik, die er noch gar nicht geschrieben habe, er wisse nichts von Reihenfolgen und stümpere im Handwerk des Selbstgebrauchs, außerdem jammere er komponierend gegen eine Welt an, die er nicht durchschaue. Ihre Vorwürfe kommen als Felsbrocken aus dem Unterholz geflogen, werden aber von Orpheus' Liedgesang weich und geben ihre Flugbahn kraftlos auf. Erst als sich die Stimmen vereinen zum rhythmischen Ruf nach Klarheit und Licht, da übertönen sie Orpheus' Musik, und der kräftigste, schwerhörigste unter den Steinen trifft den Sänger hart an der Stirn.

Im Fernsehen sitzen Schauspieler in den Kammern einer Pyramide fest, sind aber weiterhin gut zu erkennen. Jost ruft, wo komme bitteschön das Licht her, und wechselt den Kanal.

Ich gehe in mein Zimmer und setze mich an den Schreibtisch. Mein Gesicht spiegelt sich im Fenster. Etwas Tröstliches, Heiles geht diesmal von ihm aus. Es versammelt Kraft und eine seltene Stärke auf sich, prangt an der Scheibe wie eine Haltekelle gegen die aufkommende Nachtschwärze. Der Schlaf dreht seine Runden durchs Quartier, sobald er in meine Nähe kommt, verscheuchen ihn mein schneller Puls und der gedämpfte Explosions- und Schießlärm aus der Stube. Ich spitze einige Bleistifte, schärfe an dem Krösen mein Ohr und beginne, die Holzwege und Sackgassen meiner Kammeroper aufzuspüren, die nicht gangbaren Pfade, die Steige, die sich verlaufen, und die man allesamt eben auch kennen muss.